小说家的散文
豫籍作家

乔叶 著

走 神

河南文艺出版社
·郑州·

作者简介

　　乔叶，作家，1972 年生于河南修武。现为北京作协副主席、老舍文学院专业作家。出版有长篇小说《认罪书》《拆楼记》，小说集《最慢的是活着》《打火机》，散文集《天使路过》《深夜醒来》等多部作品。曾获鲁迅文学奖、庄重文文学奖、华语文学传媒大奖、人民文学奖等多种奖项。作品被译介到俄罗斯、意大利等多个国家。

目录

辑二　饮食

辑三　文学

文学就是这么一棵树

辑一　世事

白头和焗油

那天,在饭桌上,甲嗔怪乙某件事失约,以怨妇怨夫的口气说道:"说好一起到白头,你却偷偷焗了油。"

众人乐,由此荡开,上半句不动,下半句又延伸出多个版本。

版本一:说好一起到白头,喜欢就可去焗油。这是90后鲜肉的发声,喜欢就是理由,说是说,做是做,誓言发时只管发,违时也只管违,管他别的呢。

版本二:说好一起到白头,分手就可去焗油。这是80后孩子的态度,虽然嘎嘣利落脆,倒也不失老实本分,符合情理常规。

版本三:说好一起到白头,经常犹豫去焗油。这是我等70后的德行。白头已然遥遥在望,却总觉得嚼之无味。可是要决意和对方半路分手,又患得患失首鼠两端。于是就摇曳在白头和焗油之间,或者说是:身体在白头,精神在焗油?

版本四:说好一起到白头,最好偷偷去焗油。这是中年60后的伎俩,是他们多数人猥琐的、狡猾的、精明的策略。红旗不倒,彩旗飘飘;内外平衡,技巧高超。

版本五:说好一起到白头,一不留神焗了油。这不是代际发言,只论述一种哲学存在,是偶然,其实也是必然,或者说是偶然中的必然和必然中的偶然。

版本六:说好一起到白头,心照不宣去焗油。这是什么状态呢?两个老江湖,两根老油条,或者说两个再默契不过的知己。人生之路如此漫漫,虽说白头到老是众口一词的好事,但两个相顾白头的人也未免太过于寂寞和狭窄,那就去焗油吧。你焗油,我也焗油,用焗油得来的激情去开拓意外的惊喜,等到激情散去,一点儿也不妨碍两个人继续相顾白头。

版本七:说好一起到白头,头发白时去焗油。这可算是纯写实的非虚构,白头就是白头,焗油就是焗油,没有红杏春意闹，没有桃花朵朵开。两个人，老老实实过了一辈子，过到头发雪白，然后一起在小区门口的理发店里焗油……白头到老是功德圆满，一起去焗油是锦上添花。听上去挺好的，看上去也挺好的，可是细细想去，却莫名地觉得难过和心酸。

所谓的白头和焗油，究竟意味的是什么？相爱或不爱，忠诚或背叛，守候或归来，陈旧或新鲜……也许，这就是我们的爱情，或者是人生吧。

他真可怜

她说——

她是在一个行业会上碰到他的，他五十多岁了，是他们行业里一个重要的领军人物，享有盛誉。背稍微有些驼，头发白了一半，但因为是平头的关系，显得很精神。个子不是很高，走路速度很快。和走路速度一样快的是他的语速，而这样的语速反射出的是他的高智商。在一场场的论坛讲座上，他逻辑严密，妙语连珠，观点成熟睿智，思维迅捷张扬，充满魅力。

她是真的敬重他，也喜欢他的。据说他很花心，到处留情。她觉得这种传闻也为他增添了某种趣味。当然她也知道，她之所以有这种感觉，是因为她并不想和他怎么样。

他似乎很快感受到了她的喜欢，开始给她发短信试探，她有些诧异。但是因为敬重和喜欢，她便用委婉的开玩笑的方式礼貌冷淡地表示了拒绝。他却并不明白，或者是揣着明白装糊涂，只是一味纠缠。好在会议适时地结束了，他们微笑着分别。他说他会经常给她发短信。

她暗暗期待着他的短信。但他一直没有发。不久她又听说了他的另一桩情事。也是失败的，或者说是未遂的。近乎一个笑话。那个女人简直是在炫耀地宣扬着。

她想他们会就此相忘于江湖。但是，没有，还是会有行业会议，他们还是会碰面。他们一次次地碰面，每次碰面他都会像他在论坛上做讲座一样，向她例行表白他对她的爱慕和思念，然后试图让他们的关系有所进展。当然每次都是徒劳。她的城池在他的进攻中越来越牢固，越来越坚硬。

一天，他和她夹在一群人中去 KTV，隔着几个沙发，他又给她发了一条挑逗的短信。她看了一眼手机，知道是他，便没有去读。然后她去跳舞，跳完舞，她又坐下喝茶，他假装悠闲地踱过来，在她身边坐下，孩子似的焦虑地问她："你怎么还不看我的短信？"

她忍不住笑起来了。

这样一个声名显赫的男人，这样一个聪慧超群的男人，可是对待女人，他却是如此浮躁、低级、幼稚和笨拙，如一个傻瓜。面对一个他自认为可能的女人，他永远都是急煎煎的，永远都不甘于自己不能得手，永远都只想有艳遇，也永远不想付出哪怕是一些些持久的诚意和热情——或者，他压根儿也没有什么一些些持久的诚意和热情。

她还是喜欢他的。并且因为他的浮躁、低级、幼稚和笨拙，她对他还多了一些心疼。但是，她知道自己永远也不会和他有什么。

"这种事情就像是赴宴。"她说，"被请客的人如何邀请这很重要。若是唯我独尊的主客自然是不必说，是慎重安排的陪客其实也无所谓，只要他提前约好，只要我有时间，只要我愿意。"她笑，"我最不能忍受的就是在饭店门口碰到才想起把我拉去。我并不清高。但他的邀请方式对我来说,草率得如同羞辱。"

过了很久之后,在一个场合,她听到人们议论他四处留情的事情。男人们恶毒地嘲笑着他,女人们极度地鄙视着他。都说他之所以屡败屡战、屡战屡败是性饥渴,说他变态,说他因为快退休了才利用权势一个个地消费女人……她不说话,只是听,然后跟着大家笑。

"可是,我觉得他真可怜。"她说,"一想起他,我就觉得非常难过。"

拒绝迫害

余华大哥曾经在一篇名为《关于时间的感受》的随笔里,以颇有些撒娇的语气这样写道:"这是时间对我们的迫害,同样的距离,展望时是那么漫长,回忆时却如此短暂。"——我也是广大被迫害者中的一员。为了不让自己不爽,也为了让自己少发那些矫情的感叹,平时我有意回避这种被迫害的感觉,但不久前的一个夜晚,一个大学同学的电话让我不得不直面这种迫害。他在电话里长叹了一声,道:"二十年了啊。"

是的,毕业已经二十年了。二十年,弹指一挥间——每当用到这些词语的时候我就会纳闷:到底是谁在弹指? 相比于长着指头的我们,弹指的更像是没有长指头的时光。他老人家无指胜有指，只需吹气一般打个小小的哈欠——或许还用不了一个哈欠，我们就被它弹出了肥胖的体形，水肿的心灵，横生的皱纹，粗笨的老茧……

同学说的是毕业二十年同学聚会的事。电话里，他语重心长，谆谆教诲："二十年了，多不容易啊，一定要来啊，同学情谊值得珍惜啊……"

我只沉默。心中无比的平静和清凉。

我不打算去。——不，我对同学们没有什么成见，我的大学生活过得还算可以，是最正常最普通最平凡的那种生活，有被窝卧谈的红颜知己，也有秋波暧昧的青衫之交，有着最简单的烦恼，也有着最没创意的欢乐，一些些浪漫，一些些愉悦，一些些欢喜，一些些感伤……总之，该有的我都有，包括偶尔想起便会微笑的美好回忆，不该有的我都没有，包括那种让我无法面对旧人的幽暗繁复的心理顽疾。——我想说的是，我之所以不想去参加这个聚会，和我的学生生涯本身毫无关系。

有关系的，只是我自己。梳理了一下，大致原因如下：一、随着年龄渐长，我的生活越来越孤独，越来越不喜欢参加任何形式的集体活动,因为只要参加集体活动,就得符合集体活动的某些规则和潜规则,就得耗费掉我珍贵的身心自由。对现在的我来说,不自由,毋宁死。二、在所有的集体活动中,我尤其不喜欢同学聚会这种形式以及与这种形式搭档的常规内容:二十年前个个纯真如玉晶莹剔透的神仙少年,变幻成了脑满肠肥庸俗不堪的中年男女,试图在灯红酒绿推杯换盏中制造些许青春幻觉。做了小官的人控制不住习惯性地颐指气使和扬扬得意;混得不如意的坐在角落里低头耷脸,郁郁寡欢;曾经月朦胧鸟朦胧过的恋人互相打量,感慨万端;座位离得八丈远叫名字都得想十分钟的那些则热火朝天地说着工资奖金、老公老婆、儿女学业、健身养生,琢磨着谁或许以后是用得着的,再小心地奉上些言不由衷的恭维和夸赞……用脚指头都能想象得到,无非这些。

还会怎么样呢?还能怎么样呢?

至于同学情谊这个词——不,对于加在情谊前面的任何定语,我都抱着很顽固的怀疑态度。师生情谊,同事情谊,邻居情谊……算了吧,情谊这个主语和前面的定语有什么普遍的关系呢？师生不过意味着那人在讲台上站着，我在讲台下坐着；同事不过意味着在同一个办公室听过彼此的喝茶声；邻居不过意味着墙那边传来的吃喝拉撒的零碎动静；同学不过意味着我们在同一个大院子里的同一间大屋子里过过大致相同的表面生活。如此而已。大学四年，所有的同班同学里，我只和三个人结下了真正的友谊，在我共计二十多年的学生生涯里，这个成绩已经算是硕果累累了，其中就包括打电话通知我参加聚会的这个。我相信这三个人就是一辈子没有同学聚会也会经常联系，且是有质量的联系，既然我最珍视的情谊就在他们三个身上，那我干吗要去赶全班聚会这种熙熙攘攘的大集呢？

我承认回忆很美好，我承认那些想把美好回忆再恢复的同学们的想法很美好，但是恕我不能苟同。美好的东西就让它们在水晶瓶里自顾自地美好去吧，干吗一定要把我们现在满是灰尘的手再伸进去，给它们弄上些细菌呢？干吗要怀着不可理喻的无聊的热情把它们再糟蹋糟蹋呢？从小学到大学，我从不喜欢回母校，也不喜欢回故乡。就像我从不约见曾经恋爱过的男友，即使他

13

约见我,我也绝不相见。

所以,不去。坚决不去。有人爱赶就让他们赶去,我绝不允许自己去赶同学聚会这种一眼望到底的大集。我拒绝任何形式的这种大集。我绝不在接受时光无形迫害的同时,再委屈自己去接受集体有形的迫害。我不是受虐狂。

我能想象出对于我的这种态度,同学们会有什么说辞。那就随便他们说我什么吧,高傲也好,孤僻也好,麻木也好,心冷如铁也好,任何一顶道德绑架的大帽子都在我的想象之中。反正我已经是一家帽店的老板了。

没错,我是幸灾乐祸的人

东日本大地震的消息刚刚传来,便有朋友发短信给我:明知道幸灾乐祸不道德,但是没办法,我还是有些幸灾乐祸。看来还是得修行啊。

我会意。呵,我也有。听到这个消息的第一时间,我的想法就是:这事没有发生在中国,这真好。

当然,不止这一次。这样的事情还有很多次,每次我都会想:不是我们省,真好。不是我们市,真好。不是我们区,真好。不是我们单位,不是我的朋友,不是我的家人,直至最低的底线:不是我,这真好。

但是,有一次,轮到我了。那次出差,单位给我配了一台新电脑,新到什么程度? 一次都没有用过,我都忘记了它是我的。于是,在机场自动值机柜台那里打印登机牌的时候,我把这台崭新的电脑给丢了。怀着沮丧到了会上,我把这个噩耗告知与会的朋友,他们兴奋地询问着,似乎我这件倒霉事对他们来说新闻价值是第一,谈资是第二,安慰和同情只是第三。因为随即他们便开始聊起了各自丢东西的历史,这个说他丢过钱包,那个说他丢过手机,有的是手表,有的是项链……都快凑成一个百货大楼了。耳听着大家聊得唾沫飞溅,兴高采烈,我在纳闷之后终于慢慢释然:原来,我的不幸居然能给人们带来如此快乐,别人对我也有幸灾乐祸之心啊——即使是很好的朋友。

不,我没有指责他们的意思。我想说的只是:我在那一瞬间突然明白了,原来,正如有明就有暗,有正就有反,有阳光就有阴影一样,幸灾乐祸,人人皆有。不过有的浓,有的淡;有的深,有的浅;有的突出,有的隐含。如此而已。而之所以会对灾祸感到幸乐,只是因为,那些灾祸都不在自己或者自己爱的人身上。

这是丑的。但是,又是应该被充分理解的。难道不是吗?

16

这尘世是如此不易,要承受的东西是如此之多,别人的灾祸会让我平衡:原来,并不只是我倒霉,并不只是我不走运。我只是其中最普通的一个。

我深知自己的卑微和平凡,我的卑微和平凡让我和别人没有任何不同。但是,此时,此事,命运却是如此眷顾我,对我如此疼惜,在这一刻没有让我遭遇这种不幸。我当然得为此感到幸运和喜乐。事实上,我的这种幸乐并不针对人,只针对事。当然,我对此会觉得不好意思,但并不觉得非常愧疚。因为我知道,在我面临灾祸的时刻,我也会贡献出自己的灾祸,用这灾祸滋养出别人的幸运和喜乐。

在这种性情下建立起来的幸运和喜乐,当然算不上高尚,也称不得洁净。但是,它是真实的,也是坦诚的。它应该被上帝原谅,因为,它萌生的前提是:我只是在为自己感恩,并没有任何诅咒之心。如此而已。

那就原谅吧。只要不是一定得把自己的幸乐建立在别人的痛苦之上。也就是说,看到别人的灾祸,可以为自己幸乐。但不排除在幸乐的同时也为别人痛苦。更不意味着说别人幸乐的时候你就会痛苦。——这话真绕。但我还是想要说得更清楚些,也就是说:如果一个人把幸乐建立在别人的灾祸之上,那他的幸乐就不能被原谅。如果一个人既能把幸乐建立在别人的灾祸之上,也能把幸乐建立在别人的幸乐之上,还能够把悲伤建立在别人的灾祸之上,那么,这个人的幸乐,就可以被原谅。举个简单的例子:东日本大地震了,你会庆幸:不是在中国!看到废墟里救出了一个人,你会欢呼:多好,他还活着!而目睹海啸席卷了那么多无辜生命,你也会落泪:这凶险的世界啊。——只要没有在这之前念叨着让地震降临,那就可以被原谅。

在我的意识里,就是这样。无论上帝怎么想,反正我是原谅你了。如同原谅我自己——不,就是原谅我自己。没错,我就是这样一个人,就是这样一个幸灾乐祸的人啊。

穷人

1

也许,这世界上只有两种人:穷人和富人。

——是的,没有不穷不富的人,所谓的不穷不富,毫无疑问,也一定是穷人。

2

去穷人家里,不自觉的,我都会觉得松弛,觉得舒服,觉得怎么做都没有什么不合适。这种地方,这些人,还会跟我计较什么呢？我这么想。但是到富人家里，我就开始谨慎起来，端正起来，不自觉地告诫自己，要配得上这里的东西，不要惹人笑话……那么多人啊，生来都是势利的，都嫌贫爱富，轻贫重富，笑贫羡富。

"重要的不是物质的富贵，而是精神的富贵。""精神的富贵才能真正地征服人。"这样的话不知道是谁说的，似乎是有道理的。但是到生活中看看就知道，它的底子是多么的薄脆。精神的富贵若没有物质的富贵垫着，有几个人能看得见？在这庸俗的人世，多少人都只是被物质的富贵征服，且很满足于被物质的富贵征服？简直是过江之鲫，数不胜数。

3

便宜、打折、赠送……如此这般的广告噱头，无非都是在拿价格说事，从而刺激人去买东西。都直白、粗陋，乃至恶俗。所以，那句话就显得很高明："你，值得拥有。"如此婉约，如此雅致，如此珍爱地奉承着你，宝贝着你——你，值得拥有。似乎你天然地拥有一张资格证,而这张证的获得和钱没有任何关系。在听到的一瞬间,你尽可以陶醉在这样的气氛里,理所当然地顺应他们的推断:我,值得拥有。那么,以此荡开:××别墅,你,值得拥有。××牛排,你,值得拥有。××手机,你,值得拥有。××鞋子,你,值得拥有……无边无际的句式复制批发,排山倒海而来,但是,很快,那点儿短命的虚幻的情境,随即就撞碎在那块坚硬无比的巨型礁石上:没有钱,你,如何拥有?

这是繁华盛世吗?我只看到:满眼皆穷人,举世皆穷人。

4

经常见到一些演说家,口若悬河,滔滔不绝,讲解产品,推销保险,宣扬理念,辩驳不同政见……每当听见口才太好的人说话,我都有一种被压迫感。如果他们的表达实在是好,我会专注地听,会沉浸其中。他们的肢体、声音、气色、表情、眼神,连同那些消失在空气中的词汇,这一切都构成一种奇妙的氛围,我很愿意暂时忘了自己。但是，只要从这个氛围中出去，我就会立刻清醒，迅速地把刚刚听过的忘掉。这些人，我想，这些人怎么就这么能说呢？怎么就这么会说呢？这是多么可疑的事啊。

还有那些喜欢诉苦的人，只要有自认为合适的场合和听众，就会喋喋不休地诉说自己的不幸。"不幸福是一种耻辱。"这是博尔赫斯的话吧，那么，把这耻辱再展示出来，就是双重的耻辱。也因此，当听到某人不止一次地复述自己的不幸，尤其是当着两个以上的人进行复述时，我就会觉得这种复述已经带有相当的表演成分——是的，单独的一对一的讲述总还是稍微私密一些，这种私密总会显得庄重，即使是表演也属技巧较弱，接近于本色演出。从这个意义上讲，那些沉默的人，对自己的苦难经常保持沉默的人，他们无声的包裹和承受，往往让我尊敬。在沉默中尊敬。

那些能言善辩的人，那些习惯倾诉的人，他们貌似富人——语言的富人，而其实，他们都是穷人。他们把财富都抹在了嘴上，所以成了穷人。而那些沉默者，他们恰恰相反，虽然他们的富都变不成钱，更甚者变成了刀子,只会刺伤自己,但是,他们都是富人。

"我不能接受那些把苦难挂在嘴上的人。"那天,在茶馆,我听到有人这么说,那个男人冷冷地呷了一口茶,"把苦难挂在嘴上,就是没教养。人可以很苦,但不可以没教养。"

5

很多次,在街头,我看见那些女孩的穿着,有的一望而知就是暴发户,把什么好东西都堆在外头:耳朵上、脖子上、手腕上、脚腕上、头发上……丰富到啰唆,华丽到繁杂,生怕别人不知道。是那种满当当的穷。

可是,多么奇怪啊,那些雍容的,优哉游哉的,满不在乎的,总是表现出生来就是在享受富的人,在我看来,也是穷,是另一种穷:苍白的,单薄的,不堪一击的,穷。

和那些富人在一起时,我总是一眼就能看出他们富下面掩藏的穷。他们压不住这种穷,或者是富:给灾区捐款的数目,衣服的牌子,去哪些国家旅行过,住过多么高级的酒店,见过多么显赫的人……这些必须得提,一定得提。"该露不露，心里难受。该烧不烧，心里发焦。"——露和烧，在我们豫北方言里都是炫耀之意。露和烧的人，都是穷的。

也许，真正的富，只有这种：在穷中历练过，历练得很多，很深，然后抵达了富。这种富，才是最扎实的，最经得起推敲的，最有神采和韵味的，富。

多么希望自己能抵达这种富啊。至少，也要离这种富越来越近，越来越近。

6

有时候，听朋友们讲童年，讲少年，讲那些不靠谱的事。讲着讲着，大家都猖狂起来，欢乐起来，没心没肺地大笑着。回忆过去，总有一种很富裕的感觉。回忆是多么奇妙的事啊，首先是那么安全，因为已经是过去时，当然安全。其次是那么乖巧，让讲述者有着绝对的控制权，可以对它选择性遗忘、删节甚至跳过，也可以随便篡改、装修甚至颠覆性再造。总之它就是一团橡皮泥，任人按照自己喜欢的形式去重塑。还有，最重要的一点是,回忆时,人们总是富裕的。能够留下来的回忆都是人们大浪淘沙淘下来的金子,这金子可供人们去置换宝贵的充实和满足。

回忆,让人成为富人。要不然人们为什么喜欢回忆呢?

然而,只有回忆乐趣的人,又该是多么穷啊。

7

忽然想起小时候,在乡村,夏季的雨天,我坐在大门口看雨。透明的雨珠从天而降,忽大忽小,忽急忽缓,带着浅浅的一层灰气。更多的时候是不大不小,不急不缓,就那么雍容华贵地下着,像是大户人家的雨——富的雨。

有农人从地里回来了,淋着雨。有匆匆走着的,边走边骂着雨;有慢慢走着的,哼着小调,就那么湿着头发和衣裳。我就觉得,那匆匆走着的人,就是穷人;那慢慢走着的,就是富人。而像我这种人,这么看着雨的,就也是富人。而也有那么一些人,看着雨却丝毫没有知觉的,就是穷人吧。

穷和富,原来是时时刻刻都能感觉得到的,也是瞬间就可以变化得了的。你看那从银行出来取着鼓鼓囊囊现金的富人啊,愁眉紧锁,就是一个穷人。你看那开着三轮车卖完了菜回家的农夫啊,他双手泥泞,却俨然一个富人。

8

"很多中国人,不休息,节假日也工作,拼命挣钱,挣钱后也不吃好的,穿好的,而是要挣更多。挣了很多钱以后就买房子,小房子,大房子……"那次,在饭店,我听见邻座这么说。我回头看,说话的是一个外国男人,显然中文很好。他说话的对象是一张中国面孔,那男人彬彬有礼地笑着,点着头。

是啊,很多中国人——绝大多数中国人,他们就是这个样子的。就是这么努力,就是这么励志,就是这么勤劳,就是这么辛苦——就是这么穷。骨子里的穷。即使是富,也富得那么穷。

穷得太久了。穷得太深了。穷得不能再穷了。

什么时候才能富起来呢?

特意就是特意

好像在某些事情上，我变得越来越好歹不分了。

去某朋友家做客，他为我沏茶，"这是我特意为你留的普洱，五千块钱一斤呢。"他说。

"哦。"我纳闷，"只有我来你才喝吗？你平常不舍得喝吗？我一年才来几次？不怕放坏了吗？"看他尴尬的脸色，我再火上浇油，"既然是为我特意留的，我一会儿就拿走好了。"

有朋友来郑州，到我的单位看我："特意过来看你。"

我看着他手中的纸袋子："是在黄河迎宾馆开会吧?"

"对。"

"那就不是特意。是顺便。"

"顺便特意。"

"顺便就是顺便,特意就是特意。"我说,"没有顺便特意。"

是的,在我的意识里就是这样:顺便就是顺便,特意就是特意。没有顺便特意。什么是特意?特意就是纯粹,就是专程,就是没有杂色,就是心无旁骛,就是一条道走到底,就是此时,此事,为此而来,再无其他。

但是,这样的时刻是多么少啊,貌似特意的不特意又有多么多啊。多到连对特意如此敏感的我,不小心也会差点落到别人挖出的特意陷阱中去。

那次,我去看一个朋友,正赶上他去参加一个朋友的生日饭局,那个人我也认识,只是不太相熟,他便硬拉着我参加了。在宴席上坐定之后,他有意替我在寿星面前圆场:"乔叶听说今天是你的生日,特意过来……"

这个情境下,按常规我应该附和他的好意,最起码也用沉默来圆场。但我非常任性地不想。沉吟片刻,我终于开口了。

"我不是特意。是凑巧。"我说。

一桌人都看着我。

"你看你,特意就是特意嘛,有什么不好意思的。"好心的朋友顿时尴尬。

"没什么不好意思的,可我真的不是特意。"我说。

全桌人大笑。

"你看看你,哪有你这种人,给你搭好了架子你都不上。"朋友感叹。

"无功不受禄。"我说。

就是这样。在我的字典里,特意这个词,不能受别的任何污染。特意就是特意,不是别的。当然,我明白这种特意很多时候不过是一种客气,是要格外表达某种尊重。但是,用语言的帽子扣在并不符实的行为上,这种特意在本质上就更像是一种情感高压,甚至近似于欺诈。我不能容忍这种欺诈,也不能顺从自己支持这种欺诈。

因此,很抱歉,我要特意说:我实在不喜欢这种特意,请不要给我这种特意。对于这种特意,我不能接受。请不要把这种特意,浪费在我的身上。如果一定要对我这样的刁钻之徒用这个词,请用得珍重、诚实。否则除了显示出自己的油滑和世故之外,没有任何效用。

相比之下,我更喜欢这种特意:不说,只做。正如一个很久没有谋面的朋友,那天相约吃饭,临别之时,他从包里掏出一本书给我,只因很久以前的一次聊天中,我曾经说过在找这本书。给我的时候,他只说了两个字:"看吧。"他没有说:"这是特意给你带的书!"亦正如最疼惜我的乡下姨妈,我每次去看她,她都会给我冲上满满一碗鸡蛋茶,每次放的鸡蛋都是四个。她也只是说两个字:"喝吧。"她从不说:"这是特意给你打的四个鸡蛋!"

但我知道,他们都是特意。真正的特意。而且,因为他们的沉默,他们的特意就更显得醇厚,如陈年的原浆酒。

有疤的观音

一共弟兄姊妹五个,我排行老四,下面还有一个弟弟,比我小两岁。小时候,逢到什么事,父母总是会偏向弟弟,好吃的东西要尽着他吃,重的活儿却要我干。我对此总是强烈抗议,认为这是典型的重男轻女。每当听到我的抱怨,妈妈总是温和地说:"他小。"

"小什么小? 不就是两岁吗?"我觉得妈妈在找借口。

"两岁也是小。"妈妈总是这样说,"和你哥姐比比,我不是也是偏着你吗?"

"那我不觉得。"我嘴硬。一百个不服气。

等到渐渐长大,时至今日,我才开始有些明白,妈妈对弟弟的偏向,固然可能是因为些微的重男轻女,但最重要的原因恐怕还是妈妈说的那两个字:他小。

小的东西一般都弱。对于弱小的东西,油然而生的保护欲使得人们似乎总是会很自然地倾注给它们更多的心思:小猫、小狗、小鱼、小蟹……仿佛因为弱小,它们天然就应该更被关注,被怜惜,被宽待,被呵护,被疼爱。

在这种意义上同样让人柔软的,还有一些虽然并不弱小却处于弱势的事物。比如剩菜。每当我坐在餐桌边吃饭,我最先吃的必定是剩菜——我当然不喜欢吃剩菜,但是,一想到它们这一顿再不被吃掉,那它们的下场就是被扔进垃圾桶,我就心不落忍。当然,即使被我吃掉,它的下场最终也不过是下水道,但是,作为食物,拥有被人吃掉的过程,应该还算是一种温暖的福气吧。如果我能让它享有这种福气,那未尝不是一种安慰啊。

同理,吃饺子的时候,我会挑漏了馅的那个;挑杯子的时候,我会挑磕破了边儿的那只。那年在新疆喀什买玉,那么多的黄玉观音,我挑了一个额头有疤的。老板娘很实诚,结账的时候,忧心忡忡地看了我一眼又一眼,终于还是道:"你看好了?"

"看好了。"

"她的额头有疤。"

"我知道。"我说,"我买的就是这个。"

"那,给你打个折吧。"

"谢谢。"

其实我更想说不用打折,不打折更好,但是,我没有说出口。有毛病就该打折,这是天经地义的。如果我坚持不让打折,这未免太失常理。但是,这种被打折又是多么让我难过啊。

也许,我这种难过近似于变态。是变态吗?

于是,这尊有疤的观音就戴在了我的脖颈上。我觉得真亲切,真温暖。现在,我越来越明白我为什么会如此喜欢这些特别的事物——这些残缺的、黯淡的、有着深重瑕疵的,甚至破碎的弱势事物——这些不完美的事物,或许只是因为我越来越明白,这世上的万物都不完美,即使是观音。如果说完美的东西如神,那神其实是不配人的,唯有那些不完美的东西才最配人用——我们人,所有人,都是那么不完美。我们的脆弱、丑陋和卑微,还有我们内心的黑暗,如此普及,人人皆有。这就是我们的现实。从这个意义上说,不完美的物配不完美的人,难道不就是负负相加才能得出的正理吗?

　　也因此,每当碰到那些从不能忍受别人不完美和自己不完美的人的时候,我就会对他们敬而远之。我知道,他们是太完美了。对我来说,他们完美得有些过了火。

心和心总是碰不到面

那天晚上,散了很久的步,回到家倒头就睡,连手机都忘了关。正睡得不知所以,突然被手机铃声吵个半醒,我没睁眼睛,任它响。第二遍铃响的时候,我被迫彻底清醒,拿起电话。来电显示是同学 Z 的手机号码。看看表,已是深夜两点。怎么这时候给我打电话?莫非是出了什么事情?我连忙接通,还好,耳边传来他正常的声音。

"喂,你睡了吗?"

"已经醒了。"我说,"什么事?"

"是不是有些打扰你?"

"没关系,反正已经被打扰了。"我开玩笑,"有事就说吧。"

"我没什么事。"他说,"就是睡不着,所以想和你说说话。"

"真的没事?"

"真的没事。"

"噢。"

我紧张的神经一下子松弛下来,不过立马就开始愤怒。睡不着就找我?你把我当成什么人了?我是陪聊的吗?我气不打一处来。不过,再想想,也就算了。毕竟是死缠烂打过三年的同学,虽然彼此一直都有默契,属于他是我的青衫之交我是他的红颜知己的那种,却也不是经常找我。而且,或许他还有什么苦衷没有说出来,另外,我毕竟也已经醒了。

在我舒缓愤怒的空当里,他似乎也在犹豫。终于,他又开口了。

"你丈夫不在家?"

"不在。"我说。心想幸亏我丈夫不在家,不然这电话来得还挺不好解释呢。

"那我就放心了。"这个笨家伙老老实实地说,"我说的放心也没别的意思，就是怕打扰他，也怕他误会。"他的言语在停顿中跳跃，"我知道自己不该打这个电话，这么晚了还给你打电话，太不礼貌……"

半夜打电话的目的就是为了给自己唐突行为的本身道歉？他的啰唆让我差点儿笑出来。我想起那个经典的段子，一位护士叫醒了正在酣睡的病人，原因是病人该吃安眠药了。

"可我只是想和你说说话……"他接着说。

"就是说说话……"他又说。

"说说话。"他重复。

"我知道了。没关系。"我说，"真的没关系。"

我们都沉默下来。我突然感觉非常难过。我真的已经不怪罪他了。可我不知道自己怎样做才能安慰他，怎样做才能让他相信我对他的打扰真的已经毫不介意。是的，不过是说说话。此时此刻，我愿意相信他的目的就是这般泉水一样的单纯。但现在的问题是，他似乎不太相信自己轻易就能获得同样单纯的理解和接受。难道为了饮下这口单纯，我们仅仅掬水入唇还不够，还必得披荆斩棘搬石头去寻找那个十万八千里的泉眼？还必得在说话这个词周围加上一些前缀或者后缀,搞出一堆复杂可笑的定语或补语?难道这样才能给语言环境创造出习惯的安全感?难道我们必得如此?

我突然想起央视《艺术人生》的一次访谈中,主持人问一直单身的演员王志文:"你到底想找个什么样的女孩?"

王志文想了想,说:"就想找个能随时随地聊天的。"

"这还不容易?"主持人笑。

"不容易。"王志文说,"比如你半夜里想到什么了,你叫她,她就会说:几点了? 多困啊,明天再说吧。你立刻就没有兴趣了。有些话,有些时候,对有些人,你想一想,就不想说了。找到一个你想跟她说,能跟她说的人,不容易。"

是的,这其实很难。或许你人缘不错,和你认识的人很多,和你关系不错的人也很多,但即使是你朝夕相处的家人,甚或是骨肉交融的爱人,你也未见得想什么时候和他说话就说话,什么时候想和他说话都不必担心失礼,不必自责,不必畏惧被冷淡和被斥责。茫茫人海,紫陌红尘,熟悉的容颜千千万万,通讯录上的名字万万千千,有几个人能让你有这样的安然和把握,去随时随地畅所欲言?

终于,我和Z开始聊天。聊的多是同窗时候的事。他讲我的课间操姿势如何不标准,我讲他如何和同学拉起椅子打架,还聊到某位男同学一次吃十六个馒头,某位女同学在愚人节那天同时给两个男生写情书……他居然还记得我和一位语文老师的过节:那位语文老师讲课很无趣,我不爱听他的课,一次,故意设圈套问他,每位老师讲课是不是都有自己属意的特点,他说当然如此,我问他,你的风格是什么,他自谦说自己没有风格,我连忙做恍然大悟状说:原来没有特点就是你最大的特点啊,怪不得我这么不喜欢听你的课呢。

寂静的深夜中,我们哈哈大笑。Z感叹道:"那时候我就惊奇,怎么会有这么直率的人,心透明得像玻璃一样。"

这是他能够在深夜把电话打给我的原因吗?

他也说起了自己现在的一些事。身在仕途,看起来是一条大道往前奔,但他却常常感觉是迷茫的。他说他几乎每个深夜都不能自然入睡,心里空落落的,时不时地会涌起隐隐的痛楚。他和我一样,都做过几年教师,后来阴差阳错地入了宦道。"我常常想,其实自己只适合当老师。"他说。

那次聊天,聊了一个半小时。他问我累不累,我说不累。他说他怕我累,我说没关系。于是又聊了几分钟,他的声音开始倦怠,我才蓦然明白:他累了。其实我也累了。他问我累不累是想以关怀我的名义结束这次聊天,而我说不累则是为了让他的孤独释放干净。总之,因为客气,我们都没有说出完全的真话。

想找个什么时候都可以说话的人,是难的。想找个什么时候都说真话的人,更难。

怎么变成了这个样子?我们见人就问好,分手道再见。我们喝汤不出声,嚼食不露齿。我们长裙折扇形容淑女,西装领带装扮绅士,下出租车等待门童护顶,进别人家首先乖乖换鞋。我们用常规行为来展示文明,用琐碎细节来约定教养,用这一切来衡定所谓的素质,水准,乃至生活质量。在这种指数越来越高的生活质量中,再亲密的人也有了顾忌,再相知的人也有了猜度。而这些顾忌和猜度飘浮在社会生活的表面,恰恰就是人人称许的礼仪和规矩。

我突然有些感谢 Z。想想,在重重的铠甲之下,他能够拨响这个深夜来电,该经过多少次的犹豫才会鼓起这份勇气啊。他肯定想了又想:她丈夫是不是在家? 在家会不会给她带来麻烦? 丈夫不在家的话她会不会自作多情? 她误会了又该怎么办? 电话结束之后,他多半还会拷问自己:我怎么可以这么发疯? 我是不是神经有什么毛病? 要不然怎么不仅睡不着还往她家里深更半夜地打电话?

更加混沌,更加繁赘。而他的初衷,不过是想和我说说话。他不过是想在无边的黑夜里,找个无关利害的人,说说话。

我们的心,我们最真实的那颗心,都到哪里去了呢? 我相信你有,他有,我当然也有。但是身体和身体能碰见,眼睛和眼睛能碰见,唯有心和心,总是碰不到面。我们已经越来越不会真实,越来越找不到真实的渠道。即使偶尔有汩汩的清泉从深山流出——如这个夜晚 Z 的纵情来电,也很难抵达我们的手掌。因为在它经过的地方,龟裂的缝隙已经几乎把它尽数截流。

后来,Z再也没有给我打过电话。以他官场多年积留的秉性,我想,他很可能会把这个深夜的电话视为自己的一次失态,一个把柄。或许,他还会为这个电话多次后悔和自责。但我非常想让他知道的是:我很怀念那次不速之电,我觉得那个夜晚我们之间的聊天,是和他认识这么多年来,最纯净和最美好的一次。

无话不说，天使路过

一桌子不太熟的人被纠集到一起吃饭，总是要聊东聊西。

"喂，听说了吗？广东有家电视台今年年底要拍古龙的武侠剧呢。"

"是吗？哪一部？"

"《楚留香》。"

"谁演？"

"还没定，说是要在全球选角。"

"全球选角？顶多亚洲而已。这是东方人的戏，总不可能找个美国佬。"

"炒作呗。用大锅炒总不错的。"

"倒也是。"

突然就说不出话来了。菜还没上，还需再找话题说。

"说起来好笑，"有个人终于开口了，"我老家村子里刚发生了一件事，有个村民清明扫墓的时候，祖坟突然塌了，露出了一些金货。有两只手镯，两个戒指，两条手链……"

"哎哟，那得值多少钱哪。他可得祖宗福了。"

"什么福?! 这祖坟又不是他一家的，好几房合一个呢。为了这些金货就打起来了。后来公安局赶来处理纠纷，把这些东西都拿走了，文物部门一听说，连忙到公安局去鉴定，鉴定结果出来，这些东西是省二级文物。"

"那还能给这些村民吗?"

"给什么呀，归国家了。这些村民不服，就联合起来告文物部门。说是咨询过律师了，如果是一般的金货，又是祖坟里的东西，就不该划归为文物。即使划归为文物，文物部门也没有强行要人家捐赠的道理。"

"后来呢?"

"正在闹腾呢。还没判。"

又一话题结束。这时的气氛，是有些尴尬的。幸好，菜陆陆续续地上了。于是，就开始说菜，从头说到尾。这样的场合，沉默的时刻是很少的。人人都在说话。人人都想办法说话，说有趣的话、好玩的话、机灵的话、聪明的话、逗人乐的话，生怕一不说话就少了什么。一个饭局下来，听了满耳朵的噪音。回家得好好洗个澡，才能让脑子清静下来。

几个朋友聊天，也常常无话，陷入语言的"停电"期。好不容易一些话题想起来了，也是"草盛豆苗稀"，三言两语就完。所以要有个贫嘴饶舌的，才能喧热起来，张家长、李家短、赵家情、王家爱。实在没话了，他就念短信："最近流行的超强警句：一、骑白马的不一定是王子，他可能是唐僧。二、带翅膀的不一定是天使，他可能是鸟人。三、穿别人的鞋，走自己的路，让他们找去吧。四、我不是随便的人。我随便起来不是人……"于是众人哈哈大笑，其乐融融。

但若没有这样的人，大家都静静地坐着，偶尔你一句、我一句，电棒管嗞嗞地响着，花无声地绽放，茶水的哈气暖暖地浸着面容,其实也很好。更舒服的是只有两三个密友,逛服装店说衣服,进咖啡馆说咖啡,没话说的时候,就心事重重地坐着,将沉默进行到底。

那次,一位编辑来郑州约稿,约了几个朋友一起吃饭。其中有一个记者,没人说话的时候,她就拼命地找料填空,把每个"停电"期都塞得满满当当,没有罅隙。饭局结束,我和她正好一个方向回家,便结伴散步,缓缓而行。正值初秋,清风袭来,满腹落叶的香气。

"我发现,"她说,"你们的话都很少。"

"也不见得话少。要看什么时候。"我说,"没话说,不想说的时候,就不说。"

"可一群人坐着都不说话,多傻呀。"她说,"我也不想说,可你们都不说,我就只好以大局为重。"

"你的意思是自己很吃亏?"我笑,"可我也没感到沾了你什么光。"

她也笑了,伸了一下舌头。

"如果没话,你也可以不说。"我说,"为什么一定要说呢?"

"总觉得有人的地方就应该说话,好像是一种标志,或者责任。"

"语言垃圾已经够多了,或许,没话说的时候,保持沉默才是真正的责任。"我说。

然后我们一起走在沉默中。微风沙沙,落叶簌簌,大自然的声音是无弦之乐,美妙无比。突然想,沉默其实也是自然的一种啊。因此,在不必要说话的时候,只管沉默就是了。这也是一种顺其自然的方式。可为什么那么多人已经不能面对这种语言的自然?不能顺乎这种语言的自然?似乎一进入沉默就感到空缺,就觉得恐惧,就要赶紧进行链接和占据,仿佛这样才会心里踏实。

很惭愧,年轻的时候,我也是这样迫不及待地驱赶着沉默。似乎沉默是个大洞,不堵上就会栽进去。随着年龄的增长,我终于慢慢地克服了这种软弱,在沉默来临的时候,用内心攒下的光,呈出了面如止水。

无话就不说。我不再害怕沉默。我安静地面对着自己和周遭的沉默。没话找话是对自己没有信心的人所做的事情。因为内在虚弱,才需要用语言的稻草来遮盖屋顶。

相对于喧嚣的稻草,沉默是裸露的珍珠。我不会再将它轻易掷地。

相对于激烈的摇滚,沉默是庄重的慢四,我不会再将它潦草打破。

韩国电影《亲切的金子》中,有一句台词让我怦然心动:"沉默的时候,是有天使正在路过。"

多好。原来是这样。无话可说的时候,原来是天使正在路过。那就让我们屏住呼吸,静静地倾听天使的足音,静静地,静静地……

一个字和另一个字的婚恋

在方块字的世界里,有两个字相爱了,可是他们总到不了一起。每当被人们写出的时候,他们总是相隔很远,有时候隔着几行,有时候隔着几页,有时候隔着几十页,有时候甚至不在一本书里。在他们两个之间,每一行都像一条河,每一页都像一堵墙,每一本书都像一座山。他们常常被思念煎熬着,在极端的甜蜜中也忍受着极端的痛苦。终于有一天,他们成长到了被允许结婚的年龄。他们一起来到了造字者那里。

"请让我们结婚吧。"他们请求说。

"你们真的相爱吗?"造字者问。

"是的。"

"相爱不一定都要结婚。你们一定要结婚吗?"

"是的。"

"那好吧。"造字者说,"你们结婚后有三种生活方式可以选择。一、谁也不会限制谁的意义,在相爱的同时仍然可以保留着自己的完整。这种方式是让你们作为两个独立的字去相爱。按新潮的观点,是在相爱的同时依然拥有自己的个性。二、你们只为彼此而活,谁离开了另一方都无法存在,你们只有在一起时才会具有意义。这种方式是让你们作为一个词去相爱。从传统的角度,这种对彼此的坚守当然是一种珍贵的浪漫。三、这种方式是最普通的方式,也是绝大多数字婚后的方式。在这种方式里,你们和对方在一起时是有意义的,但是和别的字在一起时也有别的意义,也就是说,对方可以是你们很好的伴侣,但离开对方并不是唯一的选择。你们的爱情在这种状态里也很温暖,但是并不纯粹,甚至有时候,你们的爱情并不像爱情……"

"不要第三种!"两个字一起说。他们选择了第一种作为两个独立的字生活在了一起,如天和真,公和主,沙和发,十和分。他们在一起时是有意义的,但是这种意义果真并没有影响他们各自的独立和完整。他们常常被人用在一起，但是一个小小的标点符号就可以把他们毫无牵扯地隔开。有时候甚至不需要标点符号，一个微妙的语气停顿都会让他们之间的界限泾渭分明。一次，一个小学生就这样用他们造了句："今天的天真好。"还有人这么使用他们："你怎么才得了七十分?"

日子久了，他们对自己的这种状态也疑惑起来。他们觉得，他们在一起是那么貌合神离，像是在各自的内心旅行。

"我怎么总觉得我们不像结过婚的样子呢?"一个字说。

"更像是同居。"另一个字也说。

他们找到了造字者，请求他允许他们换成第二种方式，造字者同意了。于是他们变成了紧紧偎依的两个字，走到哪里都形影不离，而一旦离开就都失去了意义。就像踌和躇，琵和琶，尴和尬，蜻和蜓，蜘和蛛，咖和啡，乒和乓，蝴和蝶。只要一个字出现，另一个字必定也在一边。若是单独的一个字，这个字就失去了内涵和灵魂。他们只有彼此，再无其他。

两个字这样生活了一段时间。当然,开始时他们是很满足的,觉得这真是神仙眷侣的日子,无可挑剔。可是,渐渐地,他们就对彼此的面容淡漠了,直至厌倦。

"你不觉得我们这样的生活很没有意思吗?"一天,一个字向另一个字质询。

"你是不是想再换一种方式?"

"如果可以,为什么不呢?"

他们第三次找到了造字者。

"这是你们最后一次机会了,你们可要慎重考虑。"造字者说。

"我们考虑好了,反正其他两种方式我们已经知道了,这种就是不尽如人意,我们也没什么可抱怨的了。"两个字说。

于是他们来到了第三种状态里。这一次,他们真是快乐极了。他们发现他们既有相当的自由,又可以随时保持着联系;既可以在有兴致时待在一起,又可以在腻烦时去和别的字进行新的搭配。这使得他们既品尝了家庭的温暖,也拥有了去邂逅其他美妙际遇的可能。这真是一种最理想的方式!他们不止一次地庆幸着自己的选择。

遗憾的是，一段时间之后，他们对这种状态也产生了异样的感觉。他们开始觉得这种方式既不如第一种洒脱，也不如第二种纯情；既不能拥有第一种的奔放肆意，也没有第二种的深刻专一。爱，是有的，但是这爱并不神圣；情，也是有的，但是这情并不高洁。他们的爱情和他们的词性一样，既和原来的那个字适用，也有着与其他字组合的多种可能——甚至事实。他们看似左右逢源前后不失，其实只是一种世故的妥协和庸常的投机。可他们必须得在这不高不低、不青不红的状态中走完自己平凡的情感命运。因为，他们已经没有别的选择了。

于是他们没有再说别的。他们知道已经没有什么可说的了。任何一种方式对他们来说都是有缺陷的：让他们凭着个性去尽情潇洒时，他们没有容纳这种潇洒的丰富广阔的飘逸胸襟；让他们情有独钟厮守一生时，他们也没有始终投入矢志不渝的纯净意志。他们在浪漫时渴望安全，在安全时又渴望浪漫。他们总是想兼而得之。可是他们却不知道，他们在兼而得之的时候，正是兼而失之。

　　这两个字至今还生活在浩如烟海的字典中,我懒得列举出他们的名字,因为这样的字太多了,多得就像那些在紫陌红尘里纠缠着的无数的男人和女人。

辑二 饮食

大茶

现在,经常会收到山南海北的朋友赠送的各种各样的茶。普洱、铁观音、滇红、白毫、银针、龙井、冻顶乌龙,更不用说河南本土的信阳毛尖,乃至豫北老家的金银花茶、薄荷茶、冬凌草茶……其中有一种茶,是我生命里最早的茶,那就是武陟油茶。

小时候,我最大的娱乐活动就是赶集。赶集的最大一个目标就是一碗武陟油茶。一个古色古香的大铜壶,口小肚大,壶身用棉布一圈圈地紧紧裹束着,侧边伸出一个长长的龙形壶嘴。两毛钱一碗。喝茶的人来了,卖油茶的老汉便微微倾斜壶身,把油茶倒向备好的粗瓷蓝边碗里,一边倒一边悠悠地喊:"一碗油茶喝得香——"

如果食客是三三两两或者成群结队厮跟来的，他就会连着喊："两碗油茶喝得香——""三碗油茶喝得香——"有一次，我手里的零花钱阔绰了一些，有了三毛钱，就要了一碗半。倒那半碗的时候，老汉接了那一毛钱，却给我续了满满一碗，边倒边喊："两碗油茶喝得香，闺女能吃长得胖——"

油茶名茶，其实按现在的标准来看，并不是茶。说不是茶，名头却到底是茶。只是这茶的味道实在是够丰富够厚重：主料是小磨香油炒熟的面粉，又含有些许淀粉、花生、芝麻、核桃、怀山药。作料里又有茴香、花椒、肉桂、丁香、砂仁等多种香料。制作过程我没有见过，据说是先把面粉蒸一下，芝麻炒熟，花生炸好做成花生碎，核桃仁也碾成小颗粒，然后再放上作料一起炒制，要炒上三次才能做成香喷喷的油茶面。茶面既成，用开水冲拌或者在锅内像粥一样煮熟皆可。

说到底，这油茶的本质就是粥，类似于南方的黑芝麻糊或者藕粉。南甜北咸。到了北方就成了因地制宜的咸粥。对于这油茶，武陟坊间有着如此传说：《天仙配》的男主角董永是武陟人，即油茶的创始人。西汉末年,王莽篡位,刘秀被王莽追杀到武陟,在沁河滩遇到董永,董永智救刘秀,又请他吃饭,不巧七仙女回娘家了,董永厨艺生疏,就胡乱用所有的食材做了一锅咸粥给刘秀吃,这便是最初的油茶。刘秀饿极,食之顿觉得是绝顶美味,赐名油茶。后来每天必喝油茶,并做广告曰:"一天不喝心发慌,两天不喝没主张,三天不喝身子晃,不喝油茶没力量……"这广告实在是富有野意和妙趣,却也似乎当不得真。相比而言,如下这些官方定论就显得很是权威:油茶已经有两千多年的历史,秦时称甘醪膏饧,汉末称膏汤枳壳茶,唐代始称油茶,沿用至今。

不过,从坊间的传说里,我倒是坚定不移地确认了一点:油茶起源于战争。自古以来,中原逐鹿,兵祸频频,战乱无数。民以食为天。当民不能在家里的餐桌旁安静而食的时候又该如何呢? 就只能把食做成干粮。这以炒面为主料的油茶就是最好的干粮。带上它,走到哪里都可以活命,都可以繁衍生息,薪火传承。

一碗油茶两千年。两千年来,这油茶顺着一代代人的喉咙,一直走进我的口腹,让我终于知道,这茶,是餐,是粥,是饭。所以这茶绝不同于那些青枝绿叶上采撷出来的叶片。

这茶，是大茶。

从这个意义上讲，油茶实在不必倚重于刘秀之类的皇帝为自己镀金，它是不是宫廷贡品也根本都无所谓。忽然觉得，老百姓就是那装油茶的大铜壶，这大铜壶，深不见底。而油茶一直都在这大铜壶里香喷喷地滚热着。只要有铜壶在，油茶就在。这比什么都根本，也比什么都重要。

一顿夜宵

一天晚上，我读书读到深夜，突然觉得饿了，便去厨房找东西吃。找了一圈，什么也没找到。我不甘心，又找了一遍，觉得偌大的厨房总该有一点儿能够吃的东西。在寻找的过程中，饿的感觉越来越强烈地统治了我。我想，只要找到一点儿可以吃的食品，我都会毫不犹豫地把它吞咽下去。

在第二次寻找的过程中，我终于在最顶端的橱柜里，找到了一包方便面。我看了看保质期，已经快到了。闻一闻，似乎真的有些异样。我没有像自己想象的那样毫不犹豫把它吃掉，也没有像自己以前的习惯那样把它扔掉。我知道，它真的有可能是我今夜唯一可以选择的食品了。

我打开火，开始煮它。要是煮熟了就是变质也不会影响到健康，我想。方便面的气味随着汤水的沸腾渐渐充溢了整个厨房，我忽然又觉得单是调料包里的调料太寡淡了，就又放进了一些老抽、香醋、香油和胡椒粉，厨房里的空气顿时变得缤纷起来。可这似乎还不够，我又切进了一些葱花，一些姜末，最后，我居然又在冰箱的旮旯里找到了一截香肠和一个生鸡蛋！这下子，锅里红的红，黄的黄，绿的绿，白的白，色泽怡人，秀色可餐。我方才觉得有点儿像碗面的样子了。

我把面端到餐桌上，看着这碗香喷喷的面。我忽然想，我当初不是只想好歹填填肚子吗？当我没有吃的东西的时候，我的想法就是一点食品。可当我拥有这点食品的时候，我对它的要求就开始水涨船高。我想要它符合健康的标准，又想让它拥有更可口的滋味，还想让它有着更丰富的内容，甚至要求它拥有一种悦目的视觉效果……于是，一点点食品就被我挖空心思地弄成了这么一碗面。

这是贪婪的结果，我知道。贪婪是源于不满足。不

64

满足推动着我们用尽心思去装饰和充实着我们的生命，并赋予生命各种各样的目标和意义。我们穷尽一生的光阴为这些所谓的目标和意义去努力，去奋斗，去拼搏，去进取。可是我忽然又想，在这样一个过程里，我们又远离了多少生命里最本真的那份快乐和可爱？又抛弃了多少灵魂里最纯洁的情趣和享受？就像那碗面一样，也许，我们最需要的东西只是面本身，葱花、姜末、鸡蛋、香肠、老抽、香醋、胡椒粉、香油，这些东西和面其实都没有什么根本的关系，是我们的贪婪把这些东西和面联系在了一起，就像把职称的高低、房子的面积、衣服的品牌、薪水的厚薄、名声的大小、事业的成败和我们的生命及幸福联系在了一起。于是，我们常感饥饿，我们少有欢颜，我们让这些名目繁多的附属品喧宾夺主，隔断了我们原本纯净广阔的视线。我们忘记了天的湛蓝，云的飘逸，月的光华，星的神秘，忘记了那么多原本与我们血肉交融的美好与诗意，共同拥挤在一条狭隘的河道里，还为自己的异变津津乐道，沾沾自喜。

很多时候，我们都是这么做的。我们的智慧被欲望蒙蔽，阻碍了我们的双眼。于是我们可笑地醉心于自己手中的涂鸦之作,却无视着身外绝妙的山水。

　　我们趋之若鹜的,是杂草丛生之地。而在我们最初站着的地方,遗落的是我们亲手丢弃的颗颗宝石。

薄荷一样美好的事

那天,我给静打电话,照例先问她在哪里。

"我在地里!"她说,"我在地里摘薄荷!"她爽朗的口气真的如同农妇,"明天给你带一些。"

多年前,他们夫妇就在郊区租了一小块地,先生在地里养盆景,她则在树的空隙间种各种各样的时令蔬菜和农作物,茄子、黄瓜、西红柿、豆角、黏玉米、南瓜、大豆……还有薄荷。其中薄荷最多,也是最好养的。今年是孤零零的一棵,明年就是绿茵茵的一片。摘回家后泡水喝,拌凉菜吃,都很好。"每天孩子带水杯上学,我就在她的杯子里放几片薄荷。"——在我们的城市里,居然还有这样的孩子,她书包侧袋的水杯里,居然泡着几片新鲜的翠绿的薄荷,一想到这里我就会感动莫名。

我也喜欢薄荷。小时候,家乡的小河边,常常一丛一丛地生长着薄荷,手指未至,清凉已来。采一片噙在唇间,那种芬芳和凉麻久久不散。噙着噙着,就忍不住将那一团软碧吞了下去,直到晚间去睡,那种芬芳和凉麻还能沁入梦乡。

第二天,我赴静之约,去她的单位取薄荷。春天的阳光也如薄荷一样清新,而骑车时带起的风也如薄荷一样透爽,我忽然发现这是一件多么美好的事——我是去取薄荷。在这个芸芸众生都忙忙碌碌的早晨,在为名忙为利忙为生计忙为欲望忙的熙熙攘攘的人流里,我的目标居然是一袋翠绿如玉的薄荷!

到静的单位,简单叙谈,取到薄荷。因为前两天下大雨,薄荷叶上布满了浅浅的泥点。静说她还给同事挖了几株带着泥根的薄荷回家栽种,因为同事受她的影响也喜欢上了薄荷……"我摘薄荷的时候很小心仔细。当然得这样,因为薄荷的生长程度不同,有的像小孩子还没长成人,那就不能乱采,只有已经成熟的,才能动它……"讲述着薄荷的她神采奕奕,我忽然发现这个浑身散发着薄荷香味的女子,是那么美丽。

郊外的那片租地,静每周去那里一次,开车半个小时。而我呢,骑车十五分钟来她这里取薄荷,为薄荷聊天半个小时。这不是大惊小怪的矫情,也不是故弄玄虚的小资,我们都是经历过一些事情的人,唯其如此,在这沧桑的人世,这些如薄荷,这些薄荷一样美好的事,这些如薄荷一样清香简单的事,如音乐,如电影,如童年的山冈和少年的相思,都是我们的精神之肺。它的存在让我们的心柔软如棉,奔流如溪,灵澈如泉。也唯其如此,我才会因为薄荷——仅仅只因为薄荷,而觉得格外欢欣和幸福。

载着薄荷回家,如同载着一袋珠宝。可爱的薄荷,亲爱的薄荷,心爱的薄荷啊,此刻,我愿意赋予它一切激情的赞美。因它带给我的珍贵悸动,如同爱情。

秋疙瘩

8月8日,立秋。8月9日,回豫北修武老家小住的儿子回来了。母子二人躺在床上闲话。我说昨天立秋,天马上就显得凉快了,早上上街就想穿长袖。他说哪有那么快,完全是心理作用,其实还热得很呢。我说肯定是凉快了,不然为什么叫立秋,老祖宗定下来了这个节气,一辈一辈传到现在,若是不准谁还会用它?过了这一天,那个秋气就来啦。信口至此,忽然想起老师讲过的立秋三候:"一候凉风至;二候白露生;三候寒蝉鸣。"真是一候更比一候凉啊。

"妈,你啃秋疙瘩了没有?"忽然,儿子问。

"什么秋疙瘩?"

"饺子嘛。说是立秋的时候要吃的。我奶奶说了，也叫啃秋。"

啃秋，我当然是听说过的。有的地方也叫"咬秋"。总的意思就是要在立秋这一天吃些西瓜来应景，以欢送炎夏，迎来金秋。清朝张焘的《津门杂记·岁时风俗》中就有这样的记载："立秋之时食瓜，曰咬秋，可免腹泻。"据说可以不生秋痱子。无论如何，都是要吃的意思。有的地方叫"贴秋膘"，就是说立秋这一天要吃肉，多储存些热量等待冷天到来。

啃秋疙瘩。还真没听过这个说法。

然而，既是一听，就无比喜欢了。秋疙瘩，真是有喜感。疙瘩，是瓷丁丁的，一团团的，结实的，丰盛的——疙瘩这个平素里听起来就让人不舒服的词，和秋用在一起，就像一个可爱的婴儿。试想一下，春疙瘩？这肯定是不行的。夏疙瘩？让人更加闷热。冬疙瘩？只能让人想到冰块。也只有和秋用在一起。因为只有秋是万物成熟的时候。成熟了，才会瓷丁丁，才会结实，才会真正丰盛。而且，也只有饺子最配"秋疙瘩"。饺子里，什么都有：肉菜葱姜，各色作料，那种丰饶，那种喜悦……

"秋疙瘩"，这真是来自民间的活生生的气息啊。

而从孩子嘴里说出秋疙瘩这三个字，就更为可爱。

曾国藩有一联："养活一团春意思，撑起两根穷骨头。"朋友叶舟在某文中曾有无比曼妙的延展："孩子就叫，春意思。"

春意思，秋疙瘩。绝配。

晓艳家的午饭

那天,《回族文学》的编辑马晓艳陪我从天池下来,正赶上了午饭时分。她问:"想不想吃顿家常饭?"我说当然想。她说:"那就吃我妈妈做的拉条子吧,她做的拉条子很好吃。正好路过我家,我也正好看看她。"——天池脚下就是阜康县城,她家就在县城里。

然后我听见她给她妈妈打电话,问:"姐姐带真真走了没有? 走了吗? 是爸爸去送的吗? 你一个人在家? 又在伤心吧? 我带一个朋友回去吃饭,是口里的朋友,想吃拉条子。你简单做几个菜啊。"我在一边默默地笑。我是"口里的朋友",这称呼好。还有,"简单做几个菜",就是这么朴实,不来那些花哨的噱头。如果在

"口里",肯定是要说"多做几个菜,要最好的,最拿手的"云云。和新疆人处,真是不用存一点儿戒备的,他们就是敞开了心思给你看。

挂断电话,晓艳给我讲,她姐姐在兰州,女儿叫真真,真真是姥姥一手带大的,到了上学的时候老少两个才分开,一到假期就会回来,每次走的时候老太太都会抹眼泪,舍不得。

新村路和博峰路的交叉口,一个很静谧的小院,晓艳说到了。上得楼来,她一边敲门一边喊着"妈妈",这情形让我突然难过。很多年前,我也曾经是这样啊,只要回去看妈妈,都是边进院子边喊的——已经是十八年前的事情了。

门里面没有动静,晓艳掏出钥匙,打开门。进门就是客厅,非常干净爽利。沙发、茶几、电视机旁边的红艳绢花、窗台上的碧绿盆栽……皆一尘不染。房子是有了岁月的,房子里的东西也是有了岁月的,但看到眼里却是那么新鲜和清洁——这是多么勤勉精细的手才能打理出来的啊。

老太太出现在眼前,刚才应该是在厨房里。她微微笑着对我寒暄让座,泡上了八宝茶,递上瓜果,脚步有些缓重,神情却落落大方,端庄沉着。她穿着一件灰褐色底子起着红蓝花朵的长袖褂子,头上是镂花深金色丝巾,颈上是白色的珍珠项链,腕上是一只淡青绿的玉镯。她问我从哪里来,以前来过新疆没有,又和晓艳说着某某熟人也是河南的,谁谁谁有河南的亲戚……

我跟着她到厨房,看见做拉条子的面已经和好了,一条条地盘在那里,泛着淡淡的油光。锅里正炒着菜。问她要帮忙吗? 她说不要不要,把我让回到客厅里。晓艳却洗了手,到厨房帮忙。母女两个边做边聊,不知道说了些什么。

很快,饭就好了,我们坐下吃饭。四个菜,其中有一个炒牛肉,还有一个炒白菜。拉条子十分筋道。我慢慢地吃着,一边和她们聊天。

"妈,这两天睡觉好不?"

"昨黑夜还好,前黑夜不行。两腿抽筋……腿不行了,睡不着。"

"您要把身体养得好好的,常去外面走走。"

"妈想去麦加朝觐。申请好几年了。"

"一个人就得花好几万,三四万吧。得申报。上头是有名额的,不一定能批下来。趁着还能走动,就想去一趟。"

"好几万,是不少呢。"

"孩子们给的钱。"

"都挺孝顺的呢。"

"嗯,都好。四个都是大学毕业,都工作着呢。都好。老大在美国当老师。"

"那真是好。您供四个孩子,当年是不是得欠债啊?"

"没有。日子是紧巴巴的,可没有欠债。他爸爸在卫生局开车,这房子就是卫生局分的,家属院,工资不高。我在乡下种地,有粮食吃就好多了。再干点儿别的贴补家用,就不用借钱。日子一直都还好。两个大的上大学都没花多少钱,一毕业就更好了;拉扯着两个小的,给他们交学费,买衣裳……都挺好的。孩子们前些年凑钱给我买了养老保险,现在一个月能领一千多。"

"真是挺好的。"

…………

突然想起晓艳在路上跟我讲,她在石河子上大学的时候,每年到了棉花盛开的季节,学校都要派学生去摘棉花。交了钱就可以不摘,而摘了就可以挣钱。有很多同学都不摘的,她每次都去摘。一摘二十多天,手被划得一条条的血道子,吃得也很差,毒辣辣的太阳晒得皮肤疼。可是想到家里,她就觉得自己不能去偷这个懒。

这就是这种家庭出来的孩子,规矩,懂事,能体恤父母付出的辛苦,也能回赠给父母最贴心的报答。而所谓的幸福和爱,就在这付出和报答之中吧。

拉条子吃完,晓艳端来了面汤,说是"原汤化原食"。河南也有这样的说法。喝完了面汤,又坐回客厅里,我说想看看老照片,老太太便找了一堆照片过来,我慢慢翻看。有一张我翻拍了一下:她抱着她的长子,梳着两条辫子,圆润娟秀的脸庞,眼睛里透着盈盈的笑意。一望而知是一个日子过得平和丰足的美丽少妇。

顺着老照片一一回溯,这个家庭的历史清晰呈现:长子到北京读大学,又到美国读研究生,读博士,一个稚气的男孩逐渐成为盛年的男人,脸上神情由腼腆拘谨逐渐到明朗笃定;两个女儿依次长大,原本有些乡气的衣衫和有些青涩的容颜逐渐蜕变,距离当下越近越是时尚好看。然后她们结婚,她们怀抱宝贝,都是"绿叶成荫子满枝"。一张又一张的全家福,家庭成员越来越多。夫妇两个也跟着一张张影像逐渐由中年进入老年:在天池,在北京,在美国……

很快就得走了,我提出给她们母女拍合影。她们很高兴地配合着,这边沙发拍一张,那边沙发拍一张,把绢花摆到跟前拍一张,挽着胳膊头挨头拍一张……然后我和老太太合影。我一直期待着这个时刻,甚至可以说,之所以提出要给她们母女拍合影,最重要的就是为了顺理成章地达到我和老太太合影的目的。

我和老太太合了两张。我离她很近,很近。我闻着她身上的气息,这是母亲的气息。我很想像晓艳那样挽着她的胳膊,像和我的母亲一样。可是我没有。她是母亲,她当然是母亲,然而我知道,她不是我的母亲。我是如此靠近这温暖,但这温暖终归是晓艳的温暖,而不是我的。

"你拍照的时候好乖的,好像个小女孩。想妈妈了吧?"晓艳没心没肺地问,却是一语中的。我没有回答,眼泪却是控制不住了,于是跑到卫生间里,悄悄地哭了一会儿。清理好眼泪,回到客厅里,老太太正在收拾那些照片,边收拾边对晓艳絮语:"回头好好把这些照片整整,将来我不在了,你们几个分一分,做个纪念……"

"你看你,说的是什么话嘛——"晓艳娇嗔。

该告辞了,老太太把我们送出了门。正要走下楼梯,我又有些犹豫,觉得有一件事是该做的。正犹豫着,回头看老太太,她已经伸出胳膊,把我拥抱在了怀里,说:"下次再来。"我也拥抱着她,拥抱着这位母亲,我说:"您要好好的,要健康长寿啊。"

她一定是感知到了什么,以一位母亲的本能。谢谢她那么拥抱过我,我确实是一个很需要这种拥抱的人。所以,她拥抱我的感觉,一直萦绕在我的身上。

秋麦难吃

不管怎样,到了今天,也算在文字中活了一把年纪,随着年龄的增长,对于民间话语,我是越来越感叹和敬畏。

比如最近听到的这句话:秋麦难吃。

某天下午,办公室里最年轻的女孩子举着一块烤白薯走进来,说刚才在买白薯的时候,听到一个老太太在和另一个老太太聊天,说到她们的一个熟人得了什么病,"她泪盈盈地说了一句话,说怕那个人秋麦难吃。请问各位老师,秋麦难吃是什么意思?"

大家面面相觑,没人知道。我也茫然,暗自揣测:秋麦,秋天的麦子?秋天是没有麦子的啊。五黄六月,焦麦炸豆。应该是在六月份才对。对了,听说东北的麦子熟得晚,难不成在东北叫秋麦?那两个老太太是东北人?

推测永远没有结论。我便去上网百度,百度里关于秋麦有两个词条,第一条说秋麦是成熟的庄稼;第二条说秋麦指的其实是麦秋,意思是收割麦子的时候。这时候忽然想起了大学时的古汉语,恍然大悟:秋字,本身也就有庄稼成熟的意思。如此,在那两个老太太的语境里,秋麦就是指五黄六月的成熟麦子了。

那么,秋麦难吃呢?表面的意思,应该就是新麦子不好吃了,但这显然不合情理。从来都是说陈麦难吃,没有说新麦子味道不好的。那或者可以解释为:不容易吃到。这就通了,放到病人身上,就是说病人吃不到新麦子了——如果是秋冬说这话,那就是说吃不到来年的新麦子。如果是春夏说这话,那就是说吃不到今年的新麦子。再进一步解释,那就是说,活不了多久了,长则大半年,短则两三个月。同时,难吃二字还可以兼指为:病者的亲人和家属吃到新麦,舌尖上的滋味也不复甘之如饴,因为,那个亲爱的人,他再也吃不到了。

如此情状下的秋麦，果真是难吃，简直难吃到了颗粒难咽的地步。但是，请原谅，在我的意识里，"秋麦难吃"这四个字的味道却是如酒般醇厚——其优美伤感委婉含蓄和简约的程度已经抵达了我想象的极点。只有从历史出发，从土地出发，从季节出发，从植物出发，从心情出发，从人生的很多原点出发，才能抵达这小小的四个字。其间的意蕴，犹如一方深小的沧海，或桑田。

酸里虎之恋

北方的冬天里,到处都能看见冰糖葫芦。这是此时此地最常见的风味小吃。冰糖两个字有着一种冷美人的凉甜,其实它不凉,当然也不热。它也不仅仅是甜,除了甜之外还有诸多味道。如同《冰糖葫芦》那首歌唱的一样:"都说冰糖葫芦儿酸,酸里面它裹着甜。都说冰糖葫芦儿甜,可甜里面它透着酸……"

整首歌,就这几句白描最好。后面的"糖葫芦好看它竹签儿穿,象征幸福和团圆。把幸福和团圆连成串,没有愁来没有烦。站得高你就看得远,面对苍山来呼唤。气也顺那个心也宽,你就年轻二十年"之类的,我不喜欢。很不喜欢。升华固然是升华了,但是这些升华和冰糖葫芦放在一起,就像鲜花和绢花一样不搭。

我买糖葫芦的时候,喜欢在一边看着摊主做。冰糖葫芦的主体是山楂串。山楂串是已经备好的,有纯山楂的,有夹小橘子的,有夹草莓的,有夹苹果块的,有夹梨块的,有夹葡萄的,有夹山药的……琳琅满目,简直就是一方微型的水果兼干果店。我喜欢夹核桃仁的,核桃仁微微带些苦香,配着山楂的酸和糖稀的甜,主味丰富,后味悠长。

待到挑好了山楂串递给摊主,便看着他慢慢地熬糖稀。只见他把白砂糖倒入锅中,加进适当的水,之后便开大火熬,直到把糖熬成透明的糖稀。熬的火候要很讲究,时间短了,糖稀会粘牙,时间长了,糖稀会苦;熬得稠了,粘不成串,熬得稀了,挂不住串。等到熬好了糖稀,就要往葫芦串上刷了。这更是个技术活儿。刷得薄了,不成样子;刷得厚了,显得笨重;要刷得不薄不厚,均均匀匀,最好是中间厚,越到边儿越薄,薄到最后,薄如蝉翼,用牙齿轻轻一咬,嘎嘣脆,才算是地道功夫。我瞪着眼看着那摊主,他旋转着手中的山楂串,就那么唰唰两下,似乎是很随意的样子,却也就好了。那个飘逸啊,优美啊。

自己也在家做过,别的都还好,就是刷糖难做。偶尔刷得有个模样了,吃到嘴里却没有那种味道。后来干脆就不做了。心里明白:那种味道,是炉火纯青的味道,是岁月熬炼的味道,是熟能生巧的味道,是巧至艺术境界的味道。岂是一次两次能抵达的?

那天闲翻书,看到一篇文章里居然说冰糖葫芦也是皇家食品,不由哑然。说有史记载:宋光宗有一个妃子病了,积了食,也就是消化不良,百药无效,只好张贴皇榜求助江湖。一个江湖郎中揭了皇榜,出了偏方,就是山楂。果然药到病除。后来传至民间,被老百姓广泛食用,就延伸出了冰糖葫芦。明朝大国医李时珍有言:"煮老鸡硬肉,入山楂数颗即易烂,其消食克伐之力彰矣。"到了今天,山楂又被发现许多功用:散瘀,止痢,降三脂……简直不是吃食,而是妙药了。撇却它的实用不谈,仅是它的样子就让我喜悦。记不清谁曾如此说到冰糖葫芦:"当我逛街时猛抬头目睹到一株插满通红的冰糖葫芦的金黄稻草扎成的把子,怎么能够回避它周身洋溢的诗意呢——在苍茫尘世之中,这简直是一件艺术品呀！甚至夸张地认为：连看它一眼也应该交费的。"不由会心。但此文又说冰糖葫芦"手工制作，匠心独运，简直象征着一个闲情逸致的时代"，这恕我不能苟同。眼下的时代，可不是一个闲情逸致的时代，所以冰糖葫芦无从象征。如果一定要说象征，那也许只能说，它象征的是我们这个时代的闲情逸致。珍贵的，不重要的，非主流的，却是必不可少的闲情逸致。

忽然想起了山楂的小名。在我们豫北乡下，它有很多小名：红果、酸果、山里红、酸里红，等等。其中最生猛的名字叫酸里虎——是所有酸水果里面的老虎，是王呢，可见其酸。那天，我打电话给一个闺密，是她奶奶接的，说孙女看电影去了："是酸里虎之恋！"

我那个笑啊……

家常饭

在视力尚且朦胧的时候,粉嫩如花的小嘴就急切地张开,准确地迎向温软的乳房。那里正储蓄着丰满醇厚的奶香。——我看着怀抱里小小的儿子,仿佛看到了自己当年。当年的我,一定就是以这样的情态面对着母亲的乳房吧? 母亲的乳房,最初的饭碗,最早的厨房,这里存放着我们人生的第一份食物。奶,水,芬芳的流质,温暖的液体。人生的第一份食物就是这么历历可数的单纯。

然后呢？懵懵懂懂中，对食物的搜寻是原始的本能，也是游戏的本能。因无知而无畏，仿佛触手可及的一切都可以成为玩具兼美味：自产自销的手指，放在嘴里尽情吮吸，它的功用似乎完全可以等于十根高仿的火腿肠。我曾经学着儿子的样子尝过自己和他的手指：我的手指再洁净也有一种顽固的咸苦，他的手指哪怕两天不洗也有一种微微的嫩甜。或是因陋就简的筷子，新筷子会有明亮的原材香，那香味爽朗得似乎会在舌尖大声叫喊。而褪了色的旧筷子则必定会失去木质的清幽，漆香也沉默了，哑巴了，仿佛只剩下了疲惫和衰弱积存在它单调的身体上。随时可供入口的还有柔软的衣袖。衣袖的功能真是多啊，可以擦脸，可以拭汗，可以磨牙，更可以放在舌尖品味，它和牙齿之间的舞蹈有云的轻盈，也有棉花的筋韧与虚泛……再然后，渐渐地，眼睛明察秋毫，嗅觉如虎添翼，小小的牙齿也渐露锋芒，于是，不再游戏了。吃就是吃。食物就是食物。吃食物越来越成为一件庄重快乐的盛大之事：食粥，食饭，食油盐百味。个子越来越高，年龄越来越大，嘴巴越来越宽，无数的食物如不尽长江滚滚来，将日子淹没。

随着年龄的增长，发现自己是越来越喜欢吃东西了，也越来越会吃东西了。这二者是有互动关系的：因为越来越喜欢吃，所以越来越会吃；也因为越来越会吃，所以越来越喜欢吃。总而言之，我觉得自己似乎已经慢慢地从吃中获得了一些能力——不，不是能量，这些吃食除了有让我活下去的能量之外，确实还让我获得了一些能力。是最不实用又最实用的那种能力：不实用是因为这种能力不能赚钱；实用是因为这能力可以照见人生的些微。

2

说起吃，忽然想起二十二岁之前我居然是不吃肉的，不免感到惊奇。确实，从有记忆的时候起，我就对肉非常敏感——厌恶的敏感。敏感到一看见肉，一闻到肉味都会恶心。用肉炒的菜，我肯定是不动的。过年时家里会用剔过肉的猪骨炖一大锅骨头汤，俗称老汤或者高汤，做菜时总会放一些，因为只是汤，所以放进菜里根本就没有肉影儿，不过是个味儿而已，但这也是我绝对不能忍受的,我宁可吃咸菜,或者再炒个什么素菜。经常如此:他们用这老汤炖大烩菜:青翠的白菜,雪白的豆腐,透明的粉条,墨绿的海带,深红的牛肉丸子,浅黄的腐竹……就着暄腾腾的大馒头,一个个吃得心甜意洽,我自己却另炖一锅,料都是一样的,唯一的不同就是不用老汤。因为我的关系,奶奶总是另做有素丸子和素包子,饺子馅也肯定是另备一份素的。她也不怎么吃肉。她说她不喜欢吃。后来我发现她的不喜欢是有弹性的:肉少了,不够吃了,她就说不喜欢,"太香了,顶不住。"肉多了,要剩下了,她肯定就可劲儿吃,"这么好的东西,放坏了多可惜。"

对于我的吃素,奶奶虽然也会劝几句,但总的来说还是很支持的,甚至是鼓励和表扬的。后来我暗暗怀疑,她是为了让我省下些给她的孙子们吃。她老人家一直都有些重男轻女。那时候家境清贫,家里吃肉的机会不多。女孩子们少吃一些,男孩子们就可以多吃一些。虽然多不到哪里去,总归还是多一些好。

不吃肉,能吃的就只有素食。然而那时的素食也很有限,除了大烩菜里的那几样,就是时令的蔬菜:黄瓜、西红柿、茄子、长豆角……我更喜欢在地里现摘这些东西生吃,就着井水一冲,放在嘴里就咬起来,仔细品去,这些生的东西,都有一种甜甜的后味:黄瓜是脆甜,西红柿是酸甜,茄子是涩甜,长豆角是腥甜……除了甜味,还有一种鲜奶味。我坚信:如果用这些生的东西去提炼某种鲜的基因,得出的结果肯定和牛奶的鲜属于同宗同源。

吃的范围由素扩展到荤是在结婚之后。对我来说,饮食男女这几个字真的是非常一体地进步着。爱人家都很能吃肉。我第一次去他们家的时候,是临时起意,没有预先告知,因此是地地道道的家常饭。他们吃的是捞面条,配菜是大炒肉。大炒肉这个菜名我是第一次听到,后来才知道,这个菜名是他们家的独创。什么是大炒肉?就是用葱配肉炒,也就是纯纯的炒肉丝。他们家就叫这个是大炒肉。我去了之后,未来的婆婆给我盛的面里有一半都是肉,我勉强把面吃了,把肉全留了下来。老太太就此知道:她未来的小儿媳妇是个不吃肉的人。

但是过了门之后不久,我二十多年的斋戒便破了。是从羊肉串开始的。爱人非常喜欢在大排档上喝啤酒吃羊肉串,知我不吃肉,便故意逗我:"吃一串吧。咱吃得起,不用省。"因为几乎天天都要听他这一番话,有一天忍不住就动了心思,吃了一串,居然感觉不错。后来又开始吃羊腰,不是那种全腰,而是小腰片,又脆又香。我学会吃羊肉串那年是 1995 年,县城的羊肉串价格是一块钱六串,如果要两块钱,还会多赠一串。羊腰片的价格要贵一些,一块钱一串。那个烧烤摊常年设在县城的影剧院广场上,老板叫老豹,体格黑壮,温顺寡言。

几乎是与此同时,我的舌头还接纳了羊杂碎。夫家大哥在新乡工作,隔段时间便会携妻带女回家看望婆婆,一回家,便会号召大家去西关吃羊杂碎,我推辞了几次,后来也跟着去了,一去便喜欢上了。我们常去的那家店叫二宏羊杂碎,见名知义,店主的名字就叫二宏。那边的店都是这种风格:跃进羊杂碎、大新羊杂碎、长江羊杂碎……每家店前都支着一口大锅,锅里一半地方堆着切好的杂碎,给人以非常丰盛的感觉,另一半是翻滚的雪白高汤。我们报过碗数,他便取过敞口粗碗,放入香菜、红椒末和味精,将汤汤水水的杂碎舀入碗中,顿时,白的汤,粉的杂碎,绿的香菜,红的辣椒……悦目非常。旁边的草编筐里是新出炉的烧饼，一块钱四个，我们一家按数买好，进店坐下，顿时就占去了半个店。我们从没有集体去别的家吃过。只因大哥说好吃，他的舌头久经检验，我们就无条件地信任了。后来我悄悄独自去别的家尝过，似乎还真是二宏的羊杂碎比较好吃，不过我也暗暗怀疑：我们之所以觉得好吃，其实是因为吃了太久的缘故。口味也是有记忆的。吃淡的久了，便觉得淡的好吃。吃咸的久了，便觉得咸的好吃。我们村里有一个媳妇，最喜欢吃放馊的饺子馅包出的饺子，她说在娘家时吃饺子是很隆重的事，饺子馅会盘很多，总会放馊，她吃惯了那种自然酵酸的味道。受她的蛊惑，有一次我故意把饺子馅放馊，吃了一次，果然有一种奇特的酸香。不过相比之下，还是觉得不馊的好。那毕竟是她的习惯，习惯可不是那么好传染和转移的啊。

一碗羊杂碎，汤多肉少。汤是河，肉是游泳的鱼。好在最有味道的不是吃鱼，而是让舌尖在河里游泳。也因此，吃杂碎还有一种最寻常的说法——喝杂碎。杂碎汤还有一条不成文的规矩：加汤是免费的。据二宏说，曾有一个老头带着两个孙子来喝杂碎，他只要了一碗，却加了十次汤。他们爷孙三个吃得肚子溜圆，也把二宏噎了个珠玉满喉。

由羊肉串到羊杂碎，在羊身上，我算是开了荤戒，从此一发而不可收。后来回过神来，才发现这两样都是家常之外的杂味。为什么会在家常之外的杂味上开荤？想了想，大约是因为这些杂味野，满，有劲儿。而我的骨子里，喜欢的就是这些个野、满和有劲儿。不过杂味吃多了就会明白：家味虽然没有杂味足，杂味却也真的比不上家味正。开了野荤之后，我的胃便由杂至正，由外及里起来，慢慢地被家常的魅力一五一十地收了编，招了安。婆家大嫂很会做菜，一跟着大哥回到家她便主厨，煎炒烹炸，样样开花。我越发耳濡目染，筷筷知味。吃肉的范围也越来越广：鱼、猪排、猪肚、大肠、清炖鸡、红烧鸡、红烧排骨、虾、蟹……鱿鱼是我尤其喜欢吃的，它敦厚的白，脆脆的筋道，清淡绵长的美味，从视觉到口感都是享受。带儿子去豪享来中西餐厅吃套餐的时候，他要的一般都是牛排，我要的就是日式吊片套餐——在我的猜测中，吊片，就是鱿鱼切成片之后的另一种称呼。

吃得多了，也便开始做了。粉嫩的油腻的猪肉，深红的血淋淋的牛肉,规整如画的排骨的线条,鱼和鸡凝滞的眼睛……以前不能看不能动的各种肉类,都开始和我进行了亲密接触。我切、剁、洗、做、吃、品,终于由草食动物变成了肉食动物——不,确切地说,是杂食动物。由一个村姑嫁入县城的豪门,由肉开始,我在吃上逐渐长了见识。后来想想,之所以吃了那么长时间的素,归根结底还是小时候家穷的缘故。

——似乎有些跑题了。这些都是家常菜,不是家常饭。在我的意识里,说到底,菜和饭的意义终究还是大不相同的。就种类来说,菜比饭多。但就分量来说,饭比菜重。菜是锦上添花的花,而饭是花用来立足的锦。我们的日子,可以没有花,但绝不能没有锦啊。

3

身为河南人,我钟情的食谱里自然离不了面。味蕾对于面的感情,简直是连心都不能理解。我一个朋友,某银行老总,穿金戴银,宝马香车,俨然是不折不扣的超级白领,但身为河南人,她却改变不了自己的胃的德行。

每下飞机,她要做的第一件事就是直奔烩面馆,要一大碗烩面,吃得面净汤干,淋漓尽致,然后把嘴一抹,再打道回府。

"没办法,心里就是想啊。"她哀叹,"先吃了那碗面,心里才踏实。"

我没有做过统计,但我毫不怀疑,全国烩面馆最多的地方一定就是河南,河南烩面馆最多的地方一定就是郑州。走在郑州的大街上,看吧,到处都是烩面馆。三步一小馆,五步一大馆。也不知道是因为烩面馆多了,人们不得不习惯吃烩面,还是因为人们喜欢吃烩面,所以才会有这么多烩面馆。反正郑州人就是离不开烩面馆。呵,这一瞬间,我仿佛又闻到了那种特有的味道——

"羊肉烩面说是烩面,其实主要是喝汤。喝羊肉高汤才是这道面食的精华。"一个对美食颇有心得的朋友谈到经典的羊肉烩面时,曾经这么说。她这方面的理论很系统。她说:羊肉一定得要肥的,肥了汤味才浓。用小火来慢慢炖是必需的。郑州最好的羊肉烩面是合记和萧记两家。合记的汤肥,萧记的汤鲜。如果不喝酒,最好吃萧记。如果喝酒，最好吃合记。"一碗肥汤倒进去，胃就暖过来了，连酒都解了。"

她还会做烩面。我曾亲眼见过她做烩面的全过程。先是和面。面自然要用精粉，和面的时候要放一点食用碱，还要放一个蛋清，再加上微微一点点盐。绝不能多，只稍稍有些盐味即可——有一家烩面馆的名字就叫"一点盐"。刚刚和出来的面是糙的，也是硬的。没关系，往里倒些油，再接着和。和着和着，油似乎是面的酒似的，就把面醉了。醉了的面自然就软了。不，这时候软得还不够，软得不透，还是生软。生软的面就要用湿布将面盖住，把面放一放。一定要用湿布，不然面的表皮会结一层干壳。这个过程的专业术语类似"发酵"，但河南人却是这么说的："让面睡一睡"，还有一个叫法更有趣，是"让面醒一醒"。睡和醒，这两个字居然都用到了这里！每当听到这两个字，我都仿佛看到面里一个个小小的嘴巴打着哈欠，想要醒来却又忍不住又想要睡去的模样，可爱慵懒，娇俏动人。就是这两个再平凡不过的动词，就是这两个再普通不过的字，就是这两个看起来意思截然相反的字，就是这两个不论什么人都会用的最最民间的字,居然就为面传达出了最最恰如其分的气息和神情。就是这两个字啊,除非是这两个字!

醉了的面睡好了,醒过来了,就会散发出一种自然而然的光泽,用手一摸,也有了弹性。这就是熟软了。熟软了的面,就可以抻烩面了。因为是纯人工做,所以抻出来的烩面都不怎么规则,一碗面里,有宽有窄,宽是自然的宽,窄是自然的窄。有厚有薄,厚是自然的厚,薄也是自然的薄。厚厚薄薄宽宽窄窄的一碗面煮好了,配上大得吓人的海碗,再加上细细的豆腐丝、海带丝和粉条,浇上高汤,最后再撒上一小撮碧生生的香菜,就成了。——这最后一撮香菜很重要,是用来吊鲜味的。吊,这个词也不由得让我觉出一种特别的生动,仿佛这些柔嫩的叶子上都挂着一个个无形的小钩,这些小钩往面尖尖儿上颤巍巍地一挂,那些深埋的香味就都像小鱼一样逐饵而来,破水而出。

看多吃多,我便也学会了做烩面。想不会都不成。几乎郑州每个超市的半成品食物柜台里都备有一样:烩面片。这些烩面片被一片一片地放在那里,用保鲜膜裹着。买回家,开水坐锅,即下即食,方便得很,专业得很,也便宜得很——五毛钱一片。我的饭量算大的,一顿两片也就足足的了。有一次,我去豫东某个县城开会,在县城的超市里也看到了烩面片,才三毛钱一片。和省城超市的格局一样,烩面片的旁边也安安稳稳地卧着它的黄金搭档:海带丝、豆腐丝和香菜末。粉条倒是没有,也不必有。爱吃烩面的人家,怎么会少了粉条这样的干菜呢?

吃得越久,做得越多,心里也就越明白:像河南这样的地方,像郑州这样的城市,也确实是最合适吃烩面的。也只有这样的地方,才会有这样的吃食。吃了北方的面,再到南方吃了南方的米,就知道为什么南是南,北是北了。米就是那样的:一颗颗,一粒粒,精致,好看,琐碎,同时也八面玲珑,进退有度。吃不完的米,可以炒,可以熬粥,可以换个形式变成另一种吃食。而面食却不一样。馒头,烩面,做了一样就是一样,不能再变成另一样了——就是这么倔强,这么笨拙,不给自己留一点后路。吃着的时候,那种香也是倔强的香,笨拙的香,筋道的香。也因此,作为最具有群众基础的家常饭,有两种烩面的销售前程却让我觉得很不乐观:烩面方便面和烩面挂面。最初在市场上一见到,我就连忙买了尝鲜。一尝就失望透顶。满口都是硬,却不是筋。那种只有烩面才会具备的最特别的香味,被一种说不清道不明的机器味道大刀阔斧地给解构、破坏和遮蔽了。这种所谓的烩面,河南人肯定吃不出好来,凭个新鲜的名头卖给河南之外的那些人,又能撑多久? 怎么能不让我对它们的寿命忧心忡忡呢?

　　某天无事,闲读一个作家写的小说,只读了个开头就让我终生难忘。他说河南这块地是"绵羊地",是一茬茬血流成河的杀伐把这块肥沃的土地变成了没有野性的绵羊地。他还说,在这块土地上,"人的骨头是软的,气却是硬的,人就靠那三寸不烂之气活着。"他的这话,最开始读的时候我不懂。后来我从烩面这里慢慢地懂了,那种三寸不烂之气,可不就是烩面的倔强,烩面的笨拙,烩面的筋道,烩面的绵长,烩面的千转百回么? ——又扯远了。

4

当然,不仅是烩面,每一种面食由面生发出来,都有其独特的美味。比如刚出锅的馒头,就是我矢志不渝的挚爱。馒头是洋气一些的说法,我们豫北乡下的人都只叫一个字:馍。圆脸馍是馍最平常的面貌,也是最省力的团馍方式,我窃称之为"母馍"。有母馍,自然就有公馍了。我心目中的公馍都是下方上圆的那种体格,侧面看去,很像一座微小的房子。团公馍时,需要两手掌对立,将面夹住,手劲儿要很讲究,不轻不重,很迅速很决断地往中间一压,一座下方上圆的小房子就被塑了出来。这就是公馍了。除了公母,馍还有很多花样,比如过年供神的大枣花馍,有鱼样,有鸟样,有牡丹花样,不过这些都属特型演员。家常面貌的馍也就公母两种,现在几乎只见母馍一种了。过去的女人只在家里做主妇,没有什么别的出路和想法,繁苦的厨务既是她们的重负,也是她们炫技的舞台,她们做的吃食在味道和模样上也就格外讲究。现在女人从厨房里解放出来的越来越多,越来越懒,手工活也越做越简易,公馍要多费一些力气,被淘汰似乎是必然的了。

幼时在家,只要看到奶奶在蒸馍,我是肯定不会出去玩的,必定要等馍熟了,拿一个出去才罢。馍熟之后,从热锅里往外拿的过程谓之"揭馍"。奶奶揭馍时,我就眼巴巴地在旁边看着。看哪,锅盖掀开了,热腾腾的哈气中,一个个白胖胖圆乎乎的小脸,那就是可爱的母馍了。但看奶奶拿一碗清水过来,将手在碗里蜻蜓点水般地蘸上一蘸,便飞舞着闪着水光的手开始揭馍,揭一个,蘸一蘸,再揭一个,再蘸一蘸……直到最后揭馍完毕,碗里的水似乎还是那么多,馍也一个个珠圆玉润,完美无缺。

偶尔,奶奶手正忙,也会让我去揭馍。我怕热馍烫手,就会用筷子夹出来,或者干脆照着馍心扎下去,揭出来的馍就会被择掉一些皮,或是留一个洞,奶奶就会喝骂,说破了馍的相。边骂我她老人家少不得亲自上来剥夺我的权利。我完全不能理解她的职业精神,总是暗自嘀咕:不过是自家吃,破了相又如何? 讲究这些做什么?做得再漂亮,不还是上头进去下头出来,最后成为上地的大粪？直至成人后方才明白自己当初懊怨的性质宛如"反正要死，何必要好好生"，简直就是无赖和无知的逻辑。大字不识的奶奶以她最朴素的智慧实践了一条哲学真理：形式不仅仅是形式，它其实就是内容。

揭完了馍，奶奶照例要先用盘子装上两个供到祖先的牌位前，让祖先闻闻味儿。我照例要在心里嘀咕：真能闻到味儿么？现在明白：真能闻到。奶奶在供馍的时候自己闻到，我在供馍的时候自己闻到，便都是替被供者闻了。一代代的上供者和被供者，沿着岁月隔出的时间差，用一种一成不变的形式抵达了薪火相传的内容。

供祖过后，终于可以吃馍了。此时的馍热而不烫，正是好吃的时候。我喜欢一层层地吃。先撕馍皮儿，馍皮儿光滑如绸，撕馍皮宛如给美女脱衣——这比喻很恶俗，不过也顾不得了。将馍皮儿吃掉，便开始吃雪白的馍肉。馍肉是大口大口吃的么？当然不是，也是一层层地吃。真正的手工馍就是可以一层层撕开的，层数很薄，层与层之间还很缠绵，此起彼伏，牵牵连连，丝丝缕缕，纠葛不断。我就这么一层层地吃着，任一层层的清

103

香甜润在口齿间蔓延开来。

　　馍的近亲除了包子还有油卷。其实对于包子跟谁是近亲我一直有些犹疑。它的形式类似于馍，需要蒸，但就馅的本质而言它更类似饺子，不过是一个大一个小，一个蒸一个煮而已。后来想想，反正这几位在大范围内都属于面食，我就别操这种闲心了吧。相比于包子，油卷的分属要明确得多：它就是变了种的馍。

　　做法很简单：面是发面，先像擀面条似的把发好的面擀成一个厚厚的圆饼，然后把盐、葱花和油撒在上面，再把面卷成长长的一条面龙，用刀均匀地切开，稍加整理，接着上锅蒸熟，就是一个个层次分明的油卷了。油卷还可以发展出另一种名堂：把切好的生油卷擀成一张张薄薄的饼，放在平底锅上两面烙熟，这就是鼎鼎大名的葱花油饼了。香喷喷，热腾腾，随便拎起一块都是酥软的。小时候，有了葱花油饼的家常饭，简直就可以称之为盛宴了。每次吃到这种饼，我就想：怎么会有这么好吃的东西呢？有了这么好吃的东西，一辈子的餐桌也就够了吧？

　　忽然想起了剩馍。一些面食被剩下来之后，虽然不能改变其面食的性质，但经过简单的处理，也是很好吃的。比如面条，如炒菜一般炒一下，仍然是别具风味的美食。"面条剩三遍，给肉也不换。"这句俗话说的也就是这个意思。而剩烧饼和剩馍呢，过油煎一下的话，也会让人过口难忘。我以前喜欢放很多的油来煎，剩烧饼煎出来脆香厚重，剩馍煎出来则外焦里嫩。后来一个朋友说我："你油放太多了，就只是油香，反而把面最原始的味道遮住了。喧宾夺主。"她来我家的时候，在厨房亲自给我演示她的做法：平底锅里放很少很少的油，开很小很小的火。将几块剩馍放在上面，让火和油慢慢地热，慢慢地煎。等煎够了一定的时间，再翻过来，煎另一面——这时候锅里已经没油了，只有油光，用厨房的专业术语，应该叫"焙"。

这样的做法时间肯定要长。她耐心地煎着，我耐心地看着——不，不是耐心，是安心。耐心还是有急躁的影子，所以要"耐"，而安心则是自然地天然地等待。我们就这样安心地加工着几块剩馍，还没有吃到嘴里，我就知道她的做法有多么好：厨房里溢满了面食最本色的香味。我贪婪地嗅着这种香味，后来把抽油烟机都特意关闭了。

5

　　饺子也是我喜欢吃的家常面食之一。最好吃的是萝卜馅。把萝卜擦成细丝，再搁开水里焯，焯得差不多了就捞出来——萝卜水可以喝，有一种奇异的辛香爽利的味道。将萝卜丝用白布或者毛巾包好，放在案板上拧干——我经常放在搓衣板上拧，因为搓衣板的棱角可以把水分最大程度地硌出来。后来有人告诉我可以放在洗衣机里甩干，这倒是一个科技含量很高的方法，不过我不喜欢。做吃的东西，用手亲自去做，自然有享受的乐趣在里面。肉也最好别用机器去绞碎，而是用手亲自去剁。萝卜丝在搓衣板上被拧得干干的，再也挤压不出一滴水了，就可以放剁好的肉和葱姜末，当然少不了盐、酱油、味精、十三香和小磨香油。料齐，拌馅。有人用筷子，我喜欢用手。卫生起见，我戴上薄塑料手套，一手按住料盆，一手就开始拌。拌啊，拌啊，拌啊，眼看着这么多东西就融合在了一起，用各自的香味组成一个浩浩荡荡的香味大军,这个部队的香味是混合的,却并不浑浊。是个性的,组织到一起却也是那么和谐,如同一个最融洽的团体。不客气地说,它们仿佛天生就最适合搭伴儿在一起同时给人吃。拌着拌着就觉得人有一双手真是好啊,人有一双明亮的眼睛真是好啊,人有一个灵敏的鼻子真是好啊,人有一个健康的肠胃真是好啊,可以好好地做,可以好好地看,可以好好地闻,可以好好地吃。

没有什么比好好的更好了,不是吗?

去饭店里吃饭,我也爱点饺子。因为相比而言,饺子和葱花饼、手擀面一样,都是人工成分最多的食物——速冻饺子除外。我无法认同速冻饺子,那种统一的过于香腻的味道,那种一闻便知的技术性:什么样的面适合速冻,什么样的馅在解冻之后还能有什么样的口感,什么样的包装最能引起食欲……一种美味,成了流水线上的商品,想想就有一种莫名的生冷。如果有些饭店没有饺子,那我就退而求其次,找些类似于饺子的东西,比如锅贴,比如馄饨,再比如生煎包子,都可抵得过。而一些饺子店的菜单也是我所喜欢的,虽然吃不了几样,但看看也能让我心满意足。猪肉类的:猪肉大葱、猪肉韭菜、猪肉酸菜、猪肉茴香、猪肉扁豆、猪肉芹菜、猪肉西葫芦、猪肉茄子、猪肉青椒、猪肉黄瓜、猪肉胡萝卜、猪肉三鲜、猪肉蕨菜……忍不住惊叹:猪肉真是无所不配啊!仿佛只要是菜,就可配上猪肉做成馅。羊肉类和牛肉类的因为个性的关系,不如猪肉配得那么多,却也别有意趣。我曾做过羊肉香菜尖椒馅和牛肉白萝卜,都十分可口。素馅一般以鸡蛋为主角,当然也是可以百搭的:韭菜鸡蛋、茴香鸡蛋、茄子鸡蛋、尖椒鸡蛋、洋葱鸡蛋、番茄鸡蛋、酸菜粉丝鸡蛋、小白菜粉丝鸡蛋、香菇鸡蛋……偶有不以鸡蛋为主的,也很令我喜欢,如豆芽韭菜、黄豆芽粉条,还有素三鲜——只要有虾仁或者虾皮,任几样素菜都可以凑成这么个素三鲜。

前些时的某一天,我还被迫吃了一顿素七鲜。那天黄昏时分,我正在家里做晚饭,忽然电话响了,是乡下婆婆打来的。

"你赶快去超市买七种菜,做一顿素饺子。记住,菜一定要够七种,不能多也不能少。饺子也是每人吃七个,不能多也不能少!"她谆谆教诲,我诺诺应答。最后请教她老人家:"这是什么由头?"——我常常接到她老人家这种凭空而降的遥控指示,每次都有一些由头。

"没时间跟你说了,你赶快去买吧。我也得去寻菜了,回头再说!"

于是我不敢再啰唆,放下电话就和面——面得有一段时间用来睡和醒呢。和好了面,连忙奔向家门口的一个小超市,小超市的菜很有限,挑完了大白菜、小白菜、小芹菜、生菜、油麦菜、小香椿这六种,剩下一种怎么也找不到合适的:西葫芦有些硬;黄瓜呢,也不好切碎;土豆、莲菜这些也都挨不上饺子的边儿。最后看到香菜,才算解决了第七的问题。卷着七种菜回到家,洗净,沥水,切碎,用小磨油、十三香和盐拌好,面也正好醒过来。正准备去包,却觉得这馅深绿浅绿的一片,终还是太单色了些。于是又炒了一个鸡蛋,用鸡蛋的金黄色将这一片绿色岔开,果然就悦目了许多。等到饺子包好入口,我忙活了整整一个半小时。第二天把电话打给婆婆,追问她让我受这份慌张的缘由,她呵呵地笑了:"昨儿咱们这儿打雷。正中午打的雷,晴天打雷不好。都说得按人口吃七个七叶饺才能免灾避祸。"

"究竟从哪儿传起的?"

"谁知道。反正是有人这么提了头儿。咱既然知道了,就得去去心病,是不是?"

6

粥是家常的奶。——想到粥,脑子里忽然就蹦出了这句话。这不是别人的话,是我原汁原味自家的话。它蹦出的是那么自然,仿佛如一个大馒头,在我心里已经被蒸得恰到时候,一揭开锅盖,就散发出了成熟的气息。

在二十岁之前,我是没有喝过牛奶。和同龄人聊天,在大多数人的记忆里,牛奶也是个毋庸置疑的奢侈名词。这种底色顽固地打在胃液中,以至于虽然到了已经不缺牛奶钱的今天,我依然无法随着潮流改弦易张,把它列为当然的主食。到超市很少买牛奶,别人送了牛奶也常常忘记喝,一天一天地在储藏室放着,往往都是到了快过期的时候才去突击,有时候实在不想喝它,就放在卫生间里用来洗脸,洗手,乃至洗澡。——昔日的短缺终于握紧了有力的拳头,带着报复的快感和不安击砸在当下契合的物质细节上。正应了那句江湖老话:

"出来混,迟早是要还的。"

对我来说,粥就是胃最亲切的衣裳。家常饭里,如果说馍是硬食,面条是半硬食或者说半软食,那粥就是最为温柔的软食。是婴儿停了母乳之后的另一种奶。一日三餐,我们豫北的习惯里,早晚两餐都是要喝粥的。粥的好处不用说:容易消化,预防感冒,谢绝便秘,美容养颜……用某军阀的话说,简直是"罄竹难书"。但有一点人们却不怎么提起——它节约粮食。所以史书记载曹雪芹困顿之时,"举家食粥"。这时的粥,不是美味,是辛酸。当然,所谓的辛酸也只是对落魄的豪门而言。平头百姓从不曾朱门酒肉臭,对粥的喜爱也就是必然的幸福选择:除了少许的粮食之外,粥的另两个要素就是时间和水。对于穷人来说,这两样都是供得起的。再加上粥那些罄竹难书的好处,不喝粥的人可不就是傻子了么?

南方的粥自然是米粥。北方的粥自然也与北方大地生养的农作物息息相关。从小到大,我喝的最多的粥无非就是两样:就速度而言,分快粥和慢粥;就颜色而言,分白粥和黄粥。有些像猜谜吧? 其实谜底最是寻常：白面粥和玉米粥。

白面粥又名疙瘩汤。疙瘩疙瘩，顾名思义，粥里是一定要有面疙瘩的。这个粥的精华就在于面疙瘩的成色。刚学做这粥的时候，我总是做不出疙瘩来。一锅粥做好，盛到碗里的不过是一团匀匀的糨糊，用来刷对联或者裱鞋底倒是蛮够。后来在奶奶的言传身教下我才渐渐领悟了诀窍：关键在水。水必须跟面适量。适量到什么程度？要恰好把面搅稠。稠到什么程度？要恰好用筷子就能把整个面团挑起来。这不太容易。不多不少的水进入旗鼓相当的面后，得把面朝一个方向匀速旋打好一会儿，才能打出一个成功的面团。面团好了，水也开了，一手持碗，在开水的哈气中将碗慢慢靠近水面，让面团缓缓地流入锅里，另一只手拿着勺子，在锅里搅拌——一定要贴着锅底搅拌，不然就会煳锅，那可就前功尽弃了。搅拌的速度对于疙瘩的形状起着至为重要的作用。搅拌得快点儿，疙瘩就成了细细的丝儿。搅拌得慢点儿，疙瘩就成了沉沉的块儿。碗空面尽之后，碗壁上肯定还残留着一些面汁，那就再用清水把面碗泡一下，把泡过的汁水再倒进锅里，既充实了粥锅，又不浪费粮食。再然后,静等锅里的粥汤沸起,粥便成了。前后不过五分钟。

对了,若想要这粥好看些,便需得再打上一两个鸡蛋。鸡蛋磕在碗里朝一个方向旋打好之后,剩下的就只是下锅了。但下锅的方式也有讲究。还是那把勺子,勺子若是快,鸡蛋花就碎,从锅底到锅面,满锅都可见斑斑点点的迎春花瓣。勺子若是慢,鸡蛋花就成了结实一些的鸡蛋片,就有气势了。若是勺子干脆不动呢?那鸡蛋花就简直称得上是规模了。这时候你就看吧,酽酽的一层金菊啊,齐刷刷地铺在面汤之上。若说差点什么,也就是那一股菊香了。小时候,但凡家里来了客,我家的鸡蛋白面粥都是最后一种做法。盛汤的时候,客人自然是第一碗。但见雪白的瓷碗里尽是炫目的金黄,丰盈盈地映照着主家的热诚和客人的贵重。

相比于白面粥,玉米粥就是慢粥了。有的地方又叫棒子面粥,或是大楂子粥。正如闺女、丫头或者姑娘,各地的称呼虽然不同,本质却没有丝毫的不一样。而在我们豫北,甚至在我所知道的河南,玉米粥还有一个别致的称呼:糊涂。郑州有一家粥店的名字就叫"糊涂王"。

糊涂又分细糊涂和粗糊涂两种。玉米磨下来,细的是玉米面,粗的是玉米糁子。用玉米面熬出来的就是细糊涂,用玉米糁子熬出来的就是粗糊涂。两样糊涂都一样费时间。从水开下料到糊涂熬成,至少得半个小时。食物的香气都是有脚的。糊涂自然也是一样。从下锅不久,它的香脚就开始从锅里迈出来散步了。它的脚步声我是多么熟悉啊。细糊涂的脚步声要轻些,要淡些,要雅些,像读过书的小家碧玉。而粗糊涂的脚步声呢,要重得多,厚得多,野得多,像泼天辣地的柴火妞儿。——没错,我的秉性就是更喜欢粗糊涂。它可真是顶顶粗的粗粮啊,每当端起一碗香热的粗糊涂送入口中,任它一寸一寸地吻过我的舌尖和喉咙,仿佛如小小的金色粗布去包裹我可怜的肠胃——是的,肠胃在它喜欢的美味面前就是可怜的,如同单相思的情人——我就像被小小的爱情照耀一样陶醉无比。

半个小时是底线。时间再长些,就会熬得更香些。但再长也有上限,不能超过一个小时。过了一个小时就会煳锅,那就成了煳糊涂——煳得糊涂了。

当然也做过很多别的家常粥:大米粥,小米粥,大米小米掺和在一起的二米粥，大米小米紫米绿豆掺合在一起的杂粮粥，银耳百合粥，冰糖银耳莲子粥，野菜粥，南瓜粥……粥粥不同，粥粥有道。但我最喜欢的，还是糊涂。喜欢它的香味，也喜欢它的名字。这个名字是它另一种虚拟的香。我甚至觉得，只有这个名字才最能言说出粥的真谛。难道不是吗？但凡是样东西，也不论是几样东西，只要是能进口的，放在锅里熬到了时辰，就都成了调养肠胃补气润肺的糊涂。粥的包容、周全和宽泛都被糊涂这个名字一收而尽了。——这个糊涂不是郑板桥的"难得糊涂"的那个糊涂。郑板桥的糊涂是太聪明太清楚太文化了。而我碗里的这个糊涂呢，它就是一种本分的厚重，就是平常日子里那种时时可见、处处可得的绵长和踏实。或者说，它就是说不清道不明的日子本身。喝着它，就如同喝着又稠又稀、又密又疏、又紧又松、又宽又窄的日子。一天天，一顿顿，糊涂喝进了肚，可怜的胃也就有了底。

7

有些家常饭不是在家里做的,但做出来的确实就是家常饭。比如食堂。食堂又因身份的不同而分出了学生食堂和工作食堂。因多年的学生生涯,我吃过的就只有学生食堂。托学生食堂的福,我习惯了吃米,并由习惯逐渐衍生出了喜欢。学校食堂为了省事,最寻常的主食也就两种:以南方口味为主的是大米;以北方口味为主的是蒸面。这两种都是大锅来做,是在同一时间段可以供多人平等共吃的最不用等待的集体饭。但食堂的米都偏硬,大约是为剩米的用途留出余地:硬大米好熬粥,也好做扬州炒饭。而我个人的口味里,更爱的是软大米饭。相比之下,刚刚出锅的软大米饭又是最好吃的。每当家里做好了米饭,我必定要拿勺子先挖一口,美其名曰尝尝生熟。这话一琢磨就是混账:哪有不熟的道理呢?我只是喜欢大米刚刚蒸熟时那沁入肺腑的鲜香。等我自己成家之后,做米饭时便有所独创:将花生铺在米上,等蒸熟时上层的米色便成红的,吃起来自然有一种花生香。还曾放过芝麻、绿豆等物,当时自感得意,家人只嘲笑我将白米饭做成八宝粥了。我也渐渐觉出还是本色的米香最好,花生芝麻绿豆也还是各自的本色香最好,便不再生发新花样,老老实实地做起白米饭来。

还曾吃过两年特别的学生食堂:2006 年至 2008 年,我在上海读了一个作家研究生班。进修地驻扎在青浦区一个名叫西岑的小镇上,前身是一所敬老院。和我们朝夕相处的门卫夫妇和几个食堂师傅便也都因地制宜,是土生土长的"本帮菜"。那些食堂的师傅真是可爱啊,他们的厨师帽永远是白白的,围裙也永远是白白的,手艺很好,也很敬业。每一顿饭都准备得那么精心:早餐是煮鸡蛋、阳春面。每顿午餐都有鱼。学校附近就是淀山湖,多的是鱼。师傅们做得尽量不重样:油炸,红烧,清蒸,都很好吃。院子很大,门房夫妇怕空地闲着可惜,就种上了蔬菜,我们吃的菜就都是最新鲜的了。最让我难忘的还是师傅们做的大馄饨,春天开班的时候,我们就能吃上。那时候,田野里的荠菜刚刚下来,他们采了来,一棵一棵地择净,做成大大的菜肉馄饨,那种白嫩清香,那种晶莹碧透,简直是无可形容。我必须要公允地说,在学校给我们提供的生活费定额之内,他们做出了最好的饭菜。在我的所有学生食堂经历里,这个小镇的师傅们所做的食堂餐质量是当之无愧的冠军。

8

还有一种家常饭,就是小吃。其价廉物美,好学易做,具有超强的普适性,就是典型的家常饭的本质。人们之所以习惯把它和家常饭区别开来,不过是因为从方式上看,它是被家外一双更熟练的手做出来的而已。比如西安的羊肉泡馍,比如贵州的牛肉粉,比如新疆的馕,比如北京的切饼。

北京有一闺密,我每到京必在她家小住。粥和菜都是在家做的,只有饼在外面买——她从不做饼,我也懒得铺开摊子做。我们寻常吃的就是她家小区门口的切饼。那切饼的规格全北京都一样:不厚不薄,超大特圆。它没有家做的葱花油饼那么香酥,那么复杂,只有淡淡的一层豆油弥漫出一种清香的味道。如果恰巧买到刚刚出锅的切饼,那股豆油香就会因为鲜热而变得浓一些。两块八一张,还可以分开要,横切一刀竖切一刀,分成四份,每份七毛。并不因为少要就贵、多要就便宜,非常公允。就着切饼吃粥,一软一韧,口感挺好,再配着海带丝绿豆芽之类的凉拌小菜,卷在饼里吃,那就是简素中的一种华丽了。

我住的小区紧挨着郑州北区的城中村黄家庵。城中村白天看来是城市的一块癞头疤,到了夜晚却像一朵奇丽的玫瑰花:每栋楼都镶着霓虹灯,因此楼体都是色彩斑斓,简直可以称之为光污染了。而在狭窄的路面上,同样也是彩光闪耀:那些流动的夜市小摊的灯便汇成了一条明亮的灯河。这些小摊依次去查看,简直就是一个河南地方小吃大全:周口的粉浆面条,开封的炒凉粉,南阳的砂锅,西华逍遥镇的胡辣汤……还有以姓氏命名的各家美食:曹记冰豆,后面注释:第十九代。李记炒酸奶,旁边注释:独此一家。香嫂凉面,旁边注释:已经九年。王记烤面筋,旁边注释:中原一绝……真个是百家争鸣,百花齐放,色色齐全,美不胜收。

在这些小摊里,有很多刀削面的摊子。三块钱便可享用一碗。老板兼任厨师和伙计。看老板一手把面扛在肩上，一手拿着刀，隔着一段距离，一片片地将面削进了锅里。整个过程很安静，没有声音。但每当看到老板的动作，我就会暗暗在心里给他配音：噜噜噜，噜噜噜，噜噜噜啊噜噜噜。火很大，面很快就要煮好了，这时候再往锅里放青菜，青菜在锅里打个旋儿，叶子软了，颜色却因水色而更加鲜碧，这时候漏勺就下锅了，将白面和青菜一起捞进暗红色的海碗里，有需要过水的便再过一下水，过水用的水须是放温了的开水，这样的面才会在筋道的同时避免了生硬。面好之后就是浇卤，卤又分素卤和荤卤。荤卤无非是大肉或牛肉，素卤无非是鸡蛋和香菇。无论荤素，卤的颜色都比较重，类似于酱油色。于是，当面端到眼前的时候，便是这么一幅情形：暗红色的大碗，雪白的面缠绕着绿生生的菜，白面绿菜上又浇着一团圆圆的暗红色的卤。碗的暗红和卤的暗红一大一小，仿佛是一种有趣的呼应。看到这样的面，我总是要多停那么一两秒才动筷子——不太忍心去破了这幅图呢。

　　但最多的摊子还是麻辣串。生意好得不得了。因为好吃也好做的缘故,所以供需两旺。一般的摊子都是两个人招呼就够了。大约两米长一米宽,中间是三个热气腾腾的长方形汤池,汤池下面都坐着煤球火,并排三个火眼。汤池里面泡着麻辣串。其中中间的汤池是清汤,是为那些不吃辣的食客准备的。麻辣串都是些什么物件呢?无论荤素都是五毛一串。先说荤的:鸭肠、鸭血、猪肝、猪肺、鸡头、鸡胗……既要是肉,又得耐煮,那么就是这些杂碎最合适不过了。羊杂碎固然是美味,但因为它的味道过于强大,也只好被这些摊主忍痛割爱。素的呢,就多了,锅里的有海带头、油豆腐、面筋、鹌鹑蛋、木耳,现下的有各种新鲜菜蔬,有米线、烩面和粉丝。还有些说不清是荤还是素的东西,也就是半荤半素吧:鱼丸、虾丸、蟹棒之类的,有些肉的味道,却是素的口感。还有一种最让我感觉奇怪的东西,他们都叫它干贝丝饼,圆圆的,是用面做的,面里却揉进了玉米粒,还有鱼的感觉,还有胡萝卜丝和大青豆,很好吃,也是五毛钱一个。粉丝一般分两种,是一坨一坨的干粉丝,一坨算一个。有五毛钱一个的和一块钱一个的。我问老板娘区别在哪儿,老板娘简洁地回答我:"贵的好吃,耐煮,费

121

火。"我要的是一块钱的那种,老板娘将粉丝下进汤中,然后将两个竹签放在我的盘子边。儿子要的烩面也是一块钱一份,老板娘将面扯好,放进汤中,也把两个竹签放了儿子的盘边。吃麻辣串的算账方式是查串儿,将吃过的串儿放在自己的盘子边,吃过之后点数即可。每个摊子都备有芝麻酱和蒜汁,食客可以根据自己的口味取用自便。

我们常吃的这家摊子叫重庆正宗麻辣串,老板娘是很精干的少妇。她经常是很忙碌的,偶尔闲下来,也会和我聊几句。我问她用煤球费不费,她说:"费得很呢!一天要烧几十块。"我点头,她马上强调道:"不是烧几十块煤球,而是要烧几十块钱,你听明白了没有? 几十块钱呢。"

"昨天熬到今天早上六点才收摊,睡了四个钟头就赶紧起来进货,穿串儿,累死了。"那天,她正发着牢骚,却突然停止了,兴致勃勃地看着我背后。我转身看见一对卖烙饼的夫妇收摊之后正好路过,她大声和人家打招呼:"回去啊?""回去。"女人恹恹地说。等他们夫妇进了黄家庵的一条小巷,她就告诉我:"方才,那男的打那女的打得可欢了,他不让那个女的管钱,说女的收了钱不给他,两人就打起来了,把烙饼都掀了一地。嗬,还有这种男人? 跟着这种男人,辛苦不算,可是倒了血霉了。"她边说边笑,有些叹息的意思,可更多的却是相比之下对自己的知足和满意。

然后她系了系自己的围裙,又忙碌了起来,在忙碌中,她还哼起了不知名的小曲。

9

一天整理书架,偶然翻到一本俗语书,便找到了"吃"字:吃江水,说海话。吃惯了梅子不怕酸。吃烂肉不找小锅。吃苦瓜蘸黄连。吃亏就是占便宜。吃饭拣大碗,上场拣小镲。吃秋不吃夏,吃夏不吃秋。吃人四盘菜,还人十大碗。吃人心肝不觉疼。脸皮厚,吃个够;脸皮薄,吃不着。你拿自己当根葱,谁拿你炝锅呀! ……

还有歇后语:吃瓜子儿——半吞半吐。吃萤火虫——心知肚明。吃灵芝草——一心成仙。吃了三天斋,就想上西天——功底还浅。吃啥样拉啥样——没话

（化）。吃生盐聊天——讲闲（咸）话。吃了算盘子——心里有数。……

　　与吃相关的字还有饭、锅、柴、米、油、盐、菜……每个字都可以衍生到吃上，真是多啊。中餐西餐，南餐北餐，大餐小餐，活着就要吃，民以食为天。这是最朴素的准则。而在这一餐一餐的饭中，不知从什么时候起，我开始渐渐感觉到了嗅觉和味蕾的死亡。没错，它们不是一下子就死去的，是慢慢死去的。如人的生命一样。时间是一只巨大无比的碗，我们都是碗里的饭。饭不是在最后一口被吃净时才死去的。从饭入碗那天开始，饭的死亡仪式就已经揭幕了。一点一点滞涩起来的腿，一点一点昏花起来的眼，一点一点松动起来的牙，一点一点深密起来的皱纹，一点一点爬升起来的血压，一点一点加厚起来的脂肪，一点一点僵硬起来的笑肌，一点一点警惕起来的话语，一点一点关闭起来的情思……被岁月熬着，被时间熬着，一锅锅的大粥里，有几颗是煮不烂、砸不扁的铜豌豆？

　　但还是要吃，还是得吃。只要活着。只是吃得越来越不复本色的单纯和尽兴了。在吃时也会快乐，吃饱了之后却往往会有些沮丧和难过,觉得自己似乎对不起那些食物,有隐隐的堕落感。偶尔清饿一天,就会有莫名的喜悦,似乎自己离尘世俗不可耐的烟火远了些,且远得心安理得。至于为何心安,如何理得,倒是一直混混沌沌,不怎么明白。——胃是一只大碗,它想吃的就是扎扎实实的饭。心也是一只大碗,它想吃的到底是什么呢?

辑三　文学

走神

那天,和朋友聊天,他问我为什么不学车,我说不敢学,因为我有一个习惯是驾车的大忌——走神。

忽然觉得,走神这个词,非常之美。

意思和这个词接近的词还有好几个:愣神,分神,跑神……愣神不用说,太简单粗暴;分神则过于具象无趣;跑神呢? 神本来就是情绪的虚指,跑的急迫和紧张又让这个词显得有一种莫名的仓皇;唯有走神这个词是恰恰当当的好,仿佛心穿上了一双舒适的鞋子,在一个分岔的小路上慢慢散步,散啊,散啊,不知散到了哪里,又仿佛散到了任何一个地方。

只在此山中,云深不知处。

不骄不躁,有虚有实,节奏自由,韵味悠悠。这就是走神。

忽然又发现,很多好东西,都是走神得来的。

一件中规中矩的衣服,衣襟下摆忽然调皮地斜出去了一角,上面绣了半只蝴蝶。整件衣服便在蝴蝶这里走神了,因此飘飘逸逸,韵味无穷。

埃菲尔铁塔呢?乍一看是那么无来由的一个铁架子,就那么突兀地矗立在浪漫的巴黎心脏。但是,细想一下:哪一样经典在诞生之初不是突兀的呢?不是经历了晃眼、扎眼甚至刺眼的历程最后才抵达耀眼的呢?因此,不要紧,只要这神走得好,走的是真神,而不是鬼,那么,终有一天它会用自己的光将所有的非议笼罩和说服。正如岁月如酒,泡在这酒里,埃菲尔铁塔成了巴黎最骄傲的走神。

生活中,也一样。让你走神的菜,一定是有故事的。让你走神的话,一定是有渊源的。让你走神走得最远的那个身影,一定有着最刻骨铭心的秘密……

对于一个作家或艺术家来说,走神就更是奥妙,简直是可遇而不可求。哪座雕塑,哪个线条,哪种情绪,哪些人物,哪段旋律不是走神得来的? 最走神的作品,也一定是他们最好的作品——走神得来的,是神品啊。

走神,生在情理之中,又在意料之外,抛却所有的约定俗成,奔向心灵最本真的地方,奔向灵魂最自由的地方……

走神,抛却了所有尘世磕磕绊绊的窠臼,是心灵从容地逃走,是思想静谧地开叉,是精神最纯粹最无功利地漫游……

某种意义上讲,走神,是未知的花园,是想象的基地,是飞翔的神话,是深邃的探幽。也因此,它也是我们最彻底的凝神。因为,走神时的我们,才最接近于我们自己最内最内的那个内在。

多美啊,走神! 只要不开车,就尽管走神吧。能走多远就走多远! 而当走神成为令众人凝神的经典,那新的走神又开始了。

——走神。

猜猜我有多爱你

　　小兔子该睡觉了,临睡前和妈妈聊天,说到了爱。小兔子让大兔子猜猜他有多爱她,大兔子说她猜不出来。于是小兔子就开始比画了。

　　"这么多。"小兔子说。他把手臂张开,开得不能再开。

　　大兔子也张开了自己的手臂,开得不能再开。

　　"我爱你有这么多。"她说。

　　小兔子把手向上举:"我的手举得有多高,我就有多爱你。"

　　大兔子也把手向上举:"我的手举得有多高,我就有多爱你。"

看看比不过大兔子，小兔子就又想了个主意。他倒立起来，把脚撑在树干上："我爱你一直从我的手爱到我的脚指头。"

大兔子把小兔子抱起来，举过自己的头顶："我爱你从我的脚指头一直到你的脚指头。"

小兔子急了。他开始跳上跳下："我跳得有多高，我就有多爱你。"

大兔子也跳起来。小兔子发现他还是没有大兔子跳得高啊。

"我爱你，就像这条小路伸到小河那么远。"小兔子喊起来。

"我爱你，远到跨过小河，再翻过山丘。"大兔子说。

小兔子困了，想不出更多的东西来了。他望着灌木丛那边的夜空，没有什么比黑沉沉的天空更远了。

"我爱你一直到月亮那里。"说完，小兔子就睡着了。

"哦，这真是很远，"大兔子说，"非常非常远。"

她把小兔子放到叶子铺成的床上，低下头来，亲了亲他，然后躺在小兔子身边，微笑着轻声说：

"我爱你一直到月亮那里,再从月亮上回到这里来。"

这几乎就是《猜猜我有多爱你》这本书的全部文字内容,不过有五六百字,是我读过的内文最少的一本书。原著是英国作家山姆·麦克布雷尼,绘图者安妮塔·婕朗也是英国人,翻译梅子涵。少年儿童出版社 2005 年出版。

不过五六百字,二十八页,定价却二十九元八角,应该说是很贵的了。但是,我觉得它就该这么贵。它就该做得这么不计成本。因为写得好,画得好,译得也好。还因为,这是一本关于爱的书—— 一本关于爱的好书。

平阔葱茏的草地上,一棵粗壮的树沉静地站在那里。看不清楚它的叶子,不知道是什么树。不过什么树都不要紧,它是树,长了许多年,生机勃勃,还将长许多年,无始无终,这就够了。如同亘古至今绵绵不绝的爱。在这个简单深情的背景下,小兔子和大兔子探讨着爱,表达着爱。到后来,小兔子都在赌气了,但终究还是爱——动人的、可爱的爱。爱是宽阔的胸怀,爱是高举的手臂,爱是为一个人颠倒,爱是将一个人擎起,爱是奔腾,爱是跳跃,爱是长路,还是江河,爱是高山,爱是天空。爱是升到天空的明月,爱,更是又降落回来的溶溶月光,倾洒在无边无际的大地上。

"上帝没有身体,只有我们的身体。他没有脚,只有我们的脚。他没有手,只有我们的手。因此,我们的眼睛就应当被上帝所用,来察看这个世界。我们的脚就应当被上帝所用,来周游行善事。我们的手就应当被上帝所用,来祝福碰到的人。"曾听到一位牧师如此说。

而爱,又何尝不是另一种形式的上帝?世间的万事万物,都可以做爱的寓体,而爱的寓体,又可以投射到万事万物。

我爱这本书。这本本意是给孩子们看的书,我觉得它适合于任何年龄段的人去看。随着年岁的层次,有的看花,有的看叶,有的看枝,有的看干,有的看根……我已经到看根的年龄了。

书的封底说:"当你很爱、很爱一个人的时候,也许,你会想把这种感觉描述出来。可是,就像小兔子和大兔子发现的那样:爱,实在不是一件容易衡量的东西。"

但是,我觉得,再不容易描述,也还是可以描述。无论觉得自己的描述多么笨拙,也还是应该像这本书里的小兔子和大兔子一样,去尽力描述。

因为,任何关于爱的描述,都是好的。

罗斯哈尔德

　　我喜欢德国作家黑塞,喜欢《荒原狼》,喜欢《悉达多》,喜欢《玻璃球游戏》。他的作品,我读一部喜欢一部。我的喜欢跟他获诺贝尔文学奖没什么关系,我的喜欢是一种复杂的交织。有钦羡:他怎么能写成这样?!有惊叹:原来可以写成这样?!也有嫉妒甚或是妄想:其实,我或许,也有可能写成这样呢。

　　最近读的是他的《罗斯哈尔德》,一个小长篇。也喜欢。

　　罗斯哈尔德是小说中一个庄园的名字,画家维古拉特的家。维古拉特声名显赫,画价高昂,才华与财富丰盛并存。但他的家庭生活却不甚如意。其实看起来似乎也没有什么太大的问题。某种程度上简直可以说是妻贤子慧，偶尔还会其乐融融。但是，那个既古老又新鲜的问题来了：夫妻之间在心灵意义上不可深交，当然也没有激情。这让维古拉特的家庭生活变得黯淡苦涩。小儿子皮埃尔是他和妻子唯一的共同光亮，但这光亮本身也是发电不稳摇摇晃晃，并不能在本质上解决他和妻子的问题，甚至为了争夺皮埃尔，他和她的关系变得更为沉郁、隔阂和怨艾。

我知道，对很多人尤其是已婚男人来说，维古拉特面临的这种情状应该是无伤大碍。或者离婚再娶，或者就这么凑合下去，反正谁都不可能在漫长的婚姻中得到长久不变的鲜甜——这几乎就是缘木求鱼。但维古拉特就是傻，就是不会敷衍。于是这个本可以化重为轻的问题，在维古拉特这里却成了坚决不能忍受的重大。他不依不饶地要去解决。然而，对于他这样被艺术统领的人来说，解决的过程本身又是多么困境重重啊——

　　我已经习惯了静坐，工作，一想到法庭和律师，
　　想到要打乱一切日常生活习惯，我就感到害怕。如
　　果我能找到新的爱情，可能会更容易做出决定。但

事实表明，我的本性竟比自己预期的更难以适应变化。我悲哀而羡慕地爱着那些俊秀的少女，但这种爱不是深爱，我越来越意识到，我无法像爱绘画那样投入地爱上任何一个人。那种爱要求人热烈，忘我，所有的愿望和期慕都以爱为方向，事实上，这几年没有一个人走进我的生活，无论是女人还是朋友。

父母给了他一条命，艺术又给了他一条命。父母给的命是生命，艺术给的命是宿命。生命和宿命，都不能选择。这就是命中注定。

如果一定要解释我为什么是艺术家，为什么要画满整幅画布？我会回答：我画画，是因为我没有可以摇摆的尾巴。……猫、狗以及其他一些有灵性的动物都长着尾巴，之所以长尾巴，不仅仅因为它们有思想、感觉和痛苦，尾巴能卷成无数种曲线，能为每一种情绪、每一次内心的震颤、生活感受的每一丝微妙波动赋予一种奇妙而完美的语言。我们没有这样的语言，然而我们之中那些生命力更强劲的人却需要它，因此他们才发明了画笔、钢琴和小提琴……

作为一个画家,他珍爱并沉迷于自己的艺术生命——他生命中的生命。但作为一具凡胎肉身,他却越来越无法去享受和追求普通人更容易拥有的所谓幸福。如同略萨的那个著名的比喻,艺术像绦虫,吞噬了他生命里最为精华的能力和热情。于是这种本来是最能爱的人,在具体的生活中,渐渐失去了爱的能力。"不幸福就是一种耻辱。"小说中的维古拉特如是说。于是他将耻辱深藏,拒绝向别人敞开自己的生活,将无法言明的痛苦和热爱,更疯狂地投入到艺术世界中去。

他似乎没有错。妻子似乎也没有错。孩子当然更没有错。呵,大家都没有错。但是肯定是有某个地方错了。究竟是哪里错了呢?我不知道。如果一定要我说,我想,也许是这样的:红没有错,紫没有错,红和紫配在了一起,这就有了错。正如,他没有错,她也没有错,他和她组成了一个家,这就有了错。还是黑塞说得更好啊:"这本书讲述的是一个失败的婚姻,但它并非基于一种错误的选择,而是基于一个深层的问题:一位艺术家或思想家、一个男人,他不仅凭着天性去生活,而且想

140

要尽可能客观地观察和表现他的生活,这样的一个人是否能够结婚。"

这样的一个人是否能够结婚?

当然能。但是,通常他也注定没有太好的运气会在世俗的情感模式中获得那种温馨祥和的一劳永逸。艺术和艺术家的本性决定了,他必须去尽力挣脱与艺术自由和艺术疯狂势不两立的那些藩篱桎梏,他必须去尽力和平庸的生活进行不懈抗争,然后,在抗争中,他会收获艺术世界里奇异神秘的璀璨珠宝,再然后,让这些珠宝的光芒默默陪伴着自己的孤独灵魂。

这是代价。爱自己,爱艺术的必然代价。

这样的艺术家有很多很多,维古拉特只是他们的代言。正如罗斯哈尔德所意味的庄园在这个世界上也有很多,它们坐落在千千万万个维古拉特的躯体之内,不同的只是地段、面积、外观和房产证上的名字而已。

在一些诗的郊外

如同那些杰出的唐诗不能翻译成白话一样,我当然知道,真正优秀的当代诗也是不能解释的。它多一字则多,少一字则少,抹粉就过白,涂朱就太赤。它简洁又辽阔,广大且精微。任何解释都是画蛇添足。

但是,对一些诗,我特别想要解释。一读它们我就控制不住想要解释它们的冲动——我想以解释的方式把它们奉献给更多的人。之所以胆敢让我拙劣的语言和有限的智慧在这些诗面前出丑,是因为我相信,这些诗的光辉不会因为我的诚意而蒙羞。

这些诗的作者是雷平阳,生于 1966 年,云南人。

一 《亲人》

亲人

我只爱我寄宿的云南,因为其他省

我都不爱;我只爱云南的昭通市

因为其他市我都不爱;我只爱昭通市的土城乡

因为其他乡我都不爱⋯⋯

我的爱狭隘、偏执,像针尖上的蜂蜜

假如有一天我再不能继续下去

我会只爱我的亲人——这逐渐缩小的过程

耗尽了我的青春和悲悯

这是爱的版图逐渐缩小的过程。如果我们逆反而行,就会看到一个爱蔓延泛滥的历史。年少的我们都这样走过:爱世界,爱祖国,爱芸芸劳苦民众,爱家乡,爱朋友,爱天下百姓苍生⋯⋯能爱多少就爱多少,能爱多大就爱多大。爱得自负、贪婪、丰盛。那时候,我们有着充沛的爱的能力。随着年岁渐长,在栽了多次跟斗、听了多次谎言、吃了多次教训之后,我们的心干瘪了,爱也干瘪了。能爱的越来越少,敢爱的越来越少,爱的力气也越来越弱。最终,就会像针尖上的蜂蜜:甜、痛、小。

但是,别忘了,针尖之后是针身,针身之末是针孔,孔中有线,长线绵绵。只要活着,就得用这线为我们自己缝衣取暖。这衣服的针脚,就是爱。渐渐沧桑的我们,对针脚总是羞于言说,也不会再把针脚翻给人看。只让它贴着我们的皮肤,静默。——看似缩水,内核却结实。亦如果脯,体积衰微,甜度却浓烈。因此,这小爱,依然是大爱。时间终会让狂妄的心明白:不懂小爱,就不能懂大爱。

二 《底线》

底线

我一生也不会歌唱的东西

主要有以下这些:高大的拦河坝

把天空变黑的烟囱;说两句汉语

就要夹上一句外语的人

三个月就出栏、肝脏里充满激素的猪

乌鸦和杀人狂;铜块中紧锁的自由

毒品和毒药;喝文学之血的败类

蔑视大地和记忆的城邦

至亲至爱者的死亡;姐姐痛不欲生的爱情

……我想,这是诗人的底线,我不会突破它

他不会歌唱的,可以总结为两种。一种是至恨。反
人性、反天性、反本性的创造和繁衍,失去了最基本的良
知的事物,他不能歌唱。他一一列举,例子似乎很多,实
际上却很少。看着很少,可我们都知道,这些例子只是
冰山一角。他的诗歌不能让这些可恶的东西入境,他不
能用这些东西来染黑自己的笔,因为这些东西,比墨更
黑。

另一种不能歌唱的,是至痛和至爱。我痛恨那些在
电视上善于煽情的主持:让失去父母的孩子流出泪水,
让失去孩子的父母痛哭流涕,让艾滋病患者说出心酸的
话语……生活中最严肃的伤痛,如果成了银屏里叵测的
引导、精心的预谋、浅白的怜悯和程式化的总结,这是镜
头不能命名的羞耻。对这些伤痛,也许,不去窥探,不去
打扰,让他们安宁,对他们保持缄默,就是最大的尊重。

这种底线,实际上是一种顶线,是对伤痛者的最高礼遇。

三 《四吨书》

四吨书

搬家时,民工们的汗水

透过一个个纸箱,打湿了我的书

这些浑身汗臭的家伙,站在客厅里

双手对搓,一脸愧疚。我没有说什么

但气氛明显有些不对。其中一个

年龄稍大,极不自然地对着我笑

"同志,你的书足足有四吨啊。"

其他几个开始应和:"是啊,是啊

从来没有见过谁有这么多的书。"

我还是没说什么,把受损最重的那些

放到了露台上,那儿有昆明

最灿烂的阳光。也许是我的动作

过于迟缓了些,还是年龄稍大那个

他说:"同志,太不好意思了

是不是把搬家费减掉三分之一?"

其他几个一样地应和:"是啊,是啊

应该减去,都怪我们汗水太多了。"

……我没减他们的工钱,他们走时

都夸我:"同志,你是个好人。"

边说边往门外走,其中年龄最小的那个

(估计只有十五岁)不留神,脑袋

碰在了防盗门上,咣的一声

　　这像是一个微型故事。对话,动作,全是最朴素的白描。民工们的汗水打湿了书,他们因为愧疚和胆怯而开始讨好这个有着"四吨书"的"知识分子",看"知识分子"反应冷淡,他们就很知趣地主动要求减工钱。最后,"知识分子"没有减他们的工钱,他们在感激之余夸他是个好人。

　　"都怪我们汗水太多了"——民工们的这句话让我停顿。但是,面对这盲目又清醒,谦卑又冷酷得几乎让人落泪的自责,诗人没有停顿。他一路讲述下去,直到咣的一声,让小民工脑袋的痛和这首诗里的痛一起涌到我们面前。他知道自己只能用这种平静的语态来表达自己对这些民工以及他们汗水的敬爱和疼惜。在这些汗水面前,任何抒情都是冒失,是唐突,是自取其辱。

我知道,写这首诗和读这首诗的人,心里都是湿漉漉的。能够晒干这些湿气的,不是昆明最灿烂的阳光。

四 其他

他写《母亲》,说他长大成人,知道了子宫的小,乳房的大,心灵的苦,就更加怀疑自己的存在。说自己的这堆骨血,是母亲以另一种方式,把自己的骨灰搁在人间。说幼年时母亲背着他下地,每弯一次腰,她的脊背就把他的心抵痛,让他满眼的泪,三十年后才流出来:

母亲,就在昨夜,我看见你

坐在老式的电视机前

歪着头,睡着了

样子像我那九个月大的儿子

我祈盼这是一次轮回,让我也能用一生的

爱和苦,把你养大成人

他说世上的万千物种都有神灵附体,就连人的身上,也住着不同的灵魂:手有手魂,鼻有鼻魂,耳有耳魂,心有心魂。因为这些神灵,所以人要干净,圣洁,知道敬畏。于是他写《酒歌》,说朋友们如果到云南,他不能提江水给他们洗脸,因为沾上了他们的风尘,江水将不再纯洁。他也不能砍些枝条给他们燃起篝火,因为古老的法则是让这些枝条自己老去,朽在寂静而和谐的山谷。在这首醉意醺醺的诗的最后,他凛然不可侵犯地说:

> 生活在伟大的云南高原,你们知道
>
> 在每一个角落,都有碰到神的可能
>
> 小鸟会叫春,花朵会叫床
>
> 石头会叫魂,可爱的酒神
>
> 他住在我的隔壁,所以,朋友们
>
> 我只能用酒招待你们
>
> 让它们,到你们的身体里去
>
> 以魂魄的名义,陪你们

面对神灵和纯洁的自然与大地,其实他觉得自己也是污浊斑斑。他不冒充上帝,不伪装圣徒,他明亮如镜、锋利如刀的句子也朝自己刺去,正如《生活》:

> 假如有一天能登上一列陌生的火车

到不为人知的地方去

我一定会拆下骨头

洗干净了,再蒸一蒸……

让我难忘的还有《听汤世杰先生讲》那节奇异的地理课:以河水为中心,分为河南和河北;以山峰为中心,分为山东和山西;以湖泊为中心,分为湖北和湖南;云南是云之南,海南是海之南。云是心,海是心。几千年前,孔子过泰山侧,孔子这颗伟大的心脏也只能跳动在泰山的侧面。泰山是中心,孔子是郊外。——到这里,我们明白了:原来,在很久很久以前,大地才是中心。村庄和城市一直都是山河的郊外。

……我当时就很冲动

很想站起身来,弯腰向他致敬

甘愿做他的郊外。

他是一个草根型的诗人。因为草根,所以他的诗不浓妆艳抹故弄玄虚,它眉清目秀素朗质朴,总是贴着最常识和最基本的事物行走。因为草根,他的诗里充满了根须的神经末梢和大地的血液热量。如同有的读者比喻:"他写东西就像拔萝卜,很笨。结果,由于用力过大,整块地都被他一起拔了起来。"同时也因为草根,他必得在这个物欲疯狂的时代遭受轻屑和冷遇,尽管近年来他获得了《诗刊》华文青年诗人奖、《人民文学》诗歌奖、第五届华语文学传媒大奖、第五届鲁迅文学奖等一些重要的文学奖项,尽管业内如此公论他的诗:"雷平阳的写作简明练达,质朴有力。他的语言具有石头和土地的光泽。他的感情隐忍、细腻,并保持着事物原生态的品质。他善于通过经验与智慧、人心与自然的语言驳难,澄明自身对事物的爱、对世界的好奇以及对土地的敬畏。这个深怀赤子之心的诗人,总能在粗粝而渺小的细节中,发现生命的欢乐和悲怆。……他的作品见证了一个成熟而谦卑的写作者回到事物本身、钻探人心与世界的出色能力,也为今天的作家如何反抗苍白的纸上文学提供了重要的精神证据。"但是,写了二十四年的诗,他只出了一本诗集。

他是这个时代的郊外。

不过,如同他甘愿做汤世杰的郊外一样,在这个诗歌备受冷落又备受非议的时代,我也甘愿做他诗歌的郊外,做所有这样品质诗歌的郊外。我深信,只要有这样的郊外存在,就有我们文学的基本价值和基本信念存在。

　　最后,必须自负地注明:我认为自己尚属于近郊。因为相比之下,有很多人都属远郊,甚至远在千里之外。

张宇语录

张宇,河南省文学院专业作家。我的同事。以发表在 1979 年 11 期《长江文艺》上的短篇小说《土地的主人》登上文坛。后来又有《没有孤独》《乡村情感》《活鬼》《疼痛与抚摸》《软弱》《足球门》等小说大作。曾任河南作协主席,现任名誉主席。他笑称:我不是执政党,是在野党。

一晃,认识张宇已经有十几年了。记得刚调到文学院不久,我有事去他家小坐,当时我在郑州还没有买房,要赶时间回老家。他和太太热情留我过夜,我怕打扰,执意不肯,后来张宇有些急了,怒道:难道你还怕我把你咋着了?

我深为诧异。后来才渐渐明白:这就是张宇的风格。他就是这样一个说话做事都不怎么照常理的人。大事上如忽然去建业集团当了几年老总,在足球和房地产之间忙得不亦乐乎。至于小事上的例证就太多了,随手一拨拉就是一箩筐:一次会议上,有某重要部门的领导出席,大家都肃然起敬,谨言慎行。唯有张宇还是那副不拘一格的旧模样,末了居然还对那个领导说:说实话,自从不想进步了以后,我就再也不怕你们了!

现在,一见到张宇,我的第一个感觉就是:骨头一松。他蹲那儿,我也想蹲那儿。他歪在沙发上,我也想歪在沙发上。反正一见到他,我就想像他那样没型没样没规没矩,就想像他那样舒舒服服。有他这样没正经的人来垫着,让我觉得很踏实。在偌大的省城,他让我这个在土里野大的柴火妞儿感到也不那么落单。

当然,最有趣的还是听他说话。听他说话,真是开心。——不,开心这个词用得不对。他的话直接,辛辣,如一记记老拳,准确地说,应该是痛快。不过不用担心,他打的基本上都是自己。

语录一:我老了。我是三老。哪三老? 老没出息,老不要脸,老不死。

语录二:我不是做人低调。啥低调? 本来就不咋着,本来就不高,不低咋弄?

语录三:我从不担心晚节不保。咱连早节都没讲究过,还说啥晚节? 保啥呢保? 有啥可保的? 老了老了还不松松快快地过日子,想啥晚节? 这不是有毛病吗?

语录四:你骂我? 随便骂。谁骂我也狠不过我骂自己。你看不起我? 我承蒙你还好歹看了看我。不过你有空儿还是歇歇吧。看不起这个活儿还是让我来干。我比你更看不起我自己!

语录五:你们谁也别来打倒我。不劳烦你们费心,我自己先躺倒在地上中不中? 我先打自己一顿中不中?

听他的小说论,也很有趣。

语录一:小说不是中说,不是大说。它就是小说。小说小说,就是从小处说说。

语录二:写小说写到最舒服的时候,我会忍住,不写了。我舍不得写完。真舍不得。

语录三:小说里最有意思的是哪些东西? 不是你原来就想表现的那部分东西,而是你没有想到它却自己蹿出来的东西,也就是你失控的那些东西,那才最好玩,也是小说最宝贵的东西。

……

但有时候听他说话也会生气。比如聊到一件是非很分明的事情,大家都知道黑白对错,他却还是一团糊涂,说:可以理解,没啥没啥。人家也不容易。都是为了活得更好些……

那次,我忍不住就说他:你真是毫无原则!

他说:你说对了,我就是毫无原则。原则是啥东西?

我气得干噎。就想:这么一个人,他的心分明是透亮透亮的,怎么就会这么毫无原则呢?

后来渐渐发现,他一直有他坚守的原则。在日常话语里,他的貌似嬉皮和自轻自贱中其实有一种充分的清醒、彻底的豁达和凛然的骄傲:让我来自己对付自己吧。除了我,谁也没有资格来对付我。而在精神话语里,他所有不好意思从口中说的庄重的严肃的表述,都诚实地呈现在他的文字中。文字是他心灵的底线。他不对文字撒谎。无论口头的话多么云山雾罩,只要落到文字上,他就真心实意,不打一句诳语。也许,正是因为他的心太过透亮，所以他才不会去坚持那些单调的小原则。他有他的大原则：文学世界。这个大原则，有他所有的作品为证。

这也是我最敬重他的地方。

最后声明：此文的所有张宇语录都是我凭印象粗记。话散风中，如云过天，没有实据可查，不知道记得准不准，也不知道他认账不认账。用他的语言风格也许应该这样旁注一下：管他认账不认账，俺先录他一家伙再说。他要是认账了就证明俺的记性好。他要是不认账就证明俺的想象力丰富。

托尔斯泰的声音

2013 年 9 月,我来到了俄罗斯图拉州的托尔斯泰庄园。这是第二次来俄罗斯,听说此次行程里有图拉,我忍不住欢呼起来——上次我就想去图拉,可是行程里没有。我一直想去看看托尔斯泰的家,也想象过很多次他的家,不恭敬地打个比方:仿佛那是我阔别已久魂牵梦绕的老家。

果然很熟悉,前生今世般的熟悉。俭素的地下室,静穆的书房,似乎还有着淡淡体温的楼梯扶手,透过窗户向外望去,还有那一大片葳蕤清朗的苹果园。只有一样出乎意料:那窄小得不可思议的床。我甚至觉得,如果躺在那床上,一翻身也许就会掉下来。

据说是为了禁欲。也就是说,床之所以这么窄,就是为了让人躺着不那么舒服。

"你以为都像你们呀,在豪华席梦思上翻来滚去物欲横流的。要么人家怎么是托尔斯泰呢?"有朋友揶揄。

好吧,托尔斯泰就是托尔斯泰。这窄小的床也让我觉得亲切起来,正如他早年的放荡也让我亲切。相比于四面光八面净完美无瑕的神,我更爱犯过错误走过弯路做过蠢事的神,因为他来自于人,和我一样的人的肉身。《日瓦戈医生》里那段话说得甚合我心:"我不喜欢正确的、从未摔倒、不曾失足的人。他们的道德是僵化的,价值不大。他们面前没有展现生活的美。"

走进一个很小的房间。窗帘低垂,阳光淡照。随行的翻译突然停下来,示意我们噤声:"下面,有一份礼物,要你们用耳朵接收。"

礼物? 用耳朵接收?

"你们要听到的,是托尔斯泰的声音。一百年前的托尔斯泰的声音。"她说。

很快,墙角的留声机被打开了。有杂音嗞嗞嗞嗞地传来,我的身体微微地颤抖起来。

一个声音出现了。

……

是俄语?英语?抑或是法语?都有可能,托尔斯泰精通十几种语言。可无论是什么语,我都听不懂他在说什么。一句也听不懂。可是我一直微微颤抖着,泪水盈眶。我面朝墙壁,背对着人,不想让别人看到我的神情。不,我一点儿也不是为此感到难堪和羞耻,我只是不想让任何人打扰我,在此时此刻。

我听着他的声音。是的,这是他的声音。这是托尔斯泰,是他。这声音一点儿也不亢奋,也不激昂。它平静、沉厚、苍哑,甚至还有一些疲惫。听着听着,有孩子们稚嫩的声音出现了,翻译说,这是托尔斯泰在和庄园农奴的孩子们说话。我终于确认:托尔斯泰说的是俄语。和这些孩子说话,他当然要说俄语。

留声机被关掉,我随着人流向前走着,耳朵里依然回想着他的声音。快走出房门的时候,我回头看了看那台留声机——爱迪生 1907 年送给他的礼物。感谢爱迪生,不然我不会觉得如此满足——我最满足的当然是托尔斯泰的文学,不过虽然他的文学是他的灵魂精髓,虽然他的文学是那么伟大那么慈悲那么温暖,可是请原谅我这庸俗的人吧,在他的文学之外,我还是想亲近一下他身体发肤的那一切:他的房子,他的衣服,他的床,他的苹果园,他的墓地,他的照片和画像,他的鞋子,他的哑铃,他的钟表,他的笔记本,还有他的声音。所有这些都印证着他的尘世履痕,都印证着他和我一样的人的肉身。

也因此,我如此珍爱他的声音,不,也不仅仅是如此。他的声音对我的意义绝不仅仅是声音。他是一个怎样的人啊——他是父亲一样的人。在他死后,"俄罗斯人感到自己成了孤儿",这是托尔斯泰研究专家安德烈的话吧。而高尔基也曾如是说:"只要这个人还活着,我在这个世上,就不是一个孤儿。"

他是俄罗斯人的精神父亲,也是我的——作为一个少年失父的人,这么多年来,我在物质层面早已经自足,精神上却一直都在寻找父亲。托尔斯泰是我最早确认的精神父亲,大父亲。而此时,他的声音,让我无比真切地牵到了他的衣襟,灵魂的衣襟。

——哪怕这个人的身体已经不在,只要他的灵魂还在,我在这个世上,就不是一个孤儿。

在这故事世界

1

据说,小说就是讲故事。

1993年,我起手写散文的时候,就开始在散文里写故事,而且有很多不是真实的故事,是虚构的故事。我那时太年轻,不知道这是散文的大忌,不过幸好我也没有准备在纯文学刊物发东西,能接纳我的都是一些发行量巨大的社会期刊,以某些标准看,他们不懂文学。

都是些什么故事呢?想来也无非就是类似于《一块砖和幸福》的那种款式:一对夫妻因为一件很小的事

情离了婚,吃完了离婚饭,从饭店出来,路过一片水洼,女人过不去,男人捡起一块砖头给女人垫在了脚下,女人走一步,男人就垫一步,走着垫着,两个人便都意识到了彼此的错误,"一块砖,垫在脚下,不要敲到头上。有时候,幸福就是这么简单。"

那时候,我的故事也就是这么简单。"一个故事引出一个哲理。"许多评论家都这么说我那时候的散文或者说是美文写作,也就是说,二十出头的我是通过讲故事来总结所谓的哲理。那时候每当接到陌生的读者来电或者来信,对我的称呼都是"阿姨"或者"老师",可见我多么少年老成,过早沧桑。

那时候我就认识到,故事真是一个好东西,大家都爱它。

2

二十年过去,现在,我依然在写故事。我粗通文墨的二哥就说我是个故事爱好者,离了故事就不能活。从《取暖》到《月牙泉》,从《打火机》到《最慢的是活着》,

从《拆楼记》到《认罪书》,短篇中篇长篇小说,短的中的长的故事……只是再也不敢用"一个故事引出一个哲理"。已经渐渐知道,那么清晰、澄澈、简单、透明的,不是好故事。好故事常常是暧昧、繁杂、丰茂、多义的,是一个混沌的王国。

也越来越明白,离了故事就不能活的,其实是这个世界。上了网,随便打开一个网页,眼球上就粘着层层叠叠的故事:城管晚上也摆摊,原来不是为赚钱,而是在"卧底";洛阳新修一座大佛,右手持佛珠,身形是弥勒,发型却是一个大背头,五官则俨然一大老板;女大学生毕业后觉得工作太辛苦就求包养,和包养人见面后才发现那人是自己同学的父亲,两人居然也顺利成交;还有那些人,谁都是一个好故事——芙蓉姐姐、郭美美、袁厉害、湖南被秤砣砸死的瓜农……

单论故事,生活里的比小说里的要传奇得多,精彩得多,新鲜得多,热辣得多。简直可以说,这个世界里,生活是故事的大海,小说只是故事小小的旋涡。要比的话,简直就是天壤之别,就是自寻死路。所以啊,还从生活里找什么故事资源来写小说呢?如果不像网络作家一样远离生活八万里,去写悬疑,写穿越,写盗墓,写一女 N 男或者一男 N 女的艳情,靠永不能回头的浏览量和永不能下降的点击率去赚银子,作为一个小说家,那怎么还能活呢?

这真有道理。但是这道理,恕我不能苟同。

3

我深信生活里的故事和小说家讲述的故事有太多本质的不同,简述如下:

如果说前者是原生态的花朵,那么后者就是画布上的油彩。

如果说前者是大自然的天籁,那么后者就是琴弦上的音乐。

如果说前者是呼啸奔跑的怪兽,那么后者就是紧贴肌肤的毛孔。

如果说前者的姿态是向前,向前,再向前,那么后者就是向后,向后,再向后。

如果说前者的长势是向上,向上,再向上,那么后者就是向下,向下,再向下。

如果说前者的嗜好是大些,大些,再大些,那么后者就是小些,小些,再小些。

如果说前者指着大地说:我的实是多么实啊,就像这一栋栋盖在地上的房子。那么后者就会指着自己的胸膛说:我的实是另外一种实,就像扎在心脏上的尖刀。

如果说前者的样子用一个词形容:好看。那么后者的那个词就是:耐看。

如果说前者的歌词是:我们走在大路上。那么后者的歌词就是:一条小路弯弯曲曲细又长。

如果说前者的声音是:是这样的,不是那样的!那么后者的声音就是:可能不是这样的,可能是那样的,还有另外一些可能……

当然,所有后者都有一个前提:那个小说家,是一个响当当的小说家。

4

听到过太多人感叹,说在这个相亲、选秀、雷人剧和网络推手执掌人们业余兴味的时代，文学被边缘化了，写作者被边缘化了……听得我耳朵都起了茧子。我真心觉得——这话说出来会挨骂——被边缘化挺好的。反正每当我走在无论是哪个城市的大街上，没有一个人认出我，我被湮没在人群中，自由自在地行走，宛如鱼翔浅底，想吃什么就吃什么，想看什么就看什么，每当这个时候，我就无比热爱边缘化。要那么中心化做什么呢？事实上，这个世界有公认的唯一的真正的中心吗？如果真有那么一个中心的话，那该是这世界最荒唐的故事了吧。

生活在这个故事世界，把这世界上的故事细细甄别，然后把它们改头换面，让它们进入小说的内部崭新成活，茁壮成长，再造出一个独立世界，我觉得这就是小说写作的乐趣，也是文学生活的活法。

这活法真好。我深信：有人在，就有文学在。有文学在，就有这活法在。它的福泽很绵长，甚至会万寿无疆。

沙砾或小蟹

——创作杂谈

1. 第一个短篇小说

《一个下午的延伸》是我的第一个短篇小说,写它时我还在县里工作。县是修武县,单位是县委宣传部新闻科。我 1994 年从乡下上调进来,一进来科长就教育我说:"脚板子底下出新闻。"于是我整天忙着出去采新闻。可是一个县就只有那么大点儿地方,有多少有价值的新闻可写呢? 多余的能量无处释放,我就写小散文——现在看来,小是真的,散文不散文的倒不确定。众所周知,散文的金科玉律是不能虚构,可那时候我也

169

就二十岁出头，正是热爱虚构的年龄。于是我一起首写散文就开始在散文里写故事，而且有很多不是真实的故事，是虚构的故事。

就这样，那时候，我挂着散文的羊头，卖着不伦不类的狗肉，居然也颇受欢迎。不过社会期刊的版面尺寸都有定规，所以我的故事都很短，最长的也不过三千字。写着写着，就觉得散文已经不能满足了，于是就一直琢磨着该怎么把散文盛放不下的东西给倾倒出来。1997年夏季的一个下午，天刚刚下过雨，空气清新，办公室里就我一个人，我突然特别想不限篇幅地写个故事，于是就在宣传部统一印制的淡绿色方格稿纸上一字一字地写下了这个小说，那时候，我还没有电脑。小说很快就写完了。写完了也不知道这是不是小说，就两眼一墨黑，自由投稿给了《十月》。两个月后，我收到编辑的回信，说用了。这个短篇就是《一个下午的延伸》，发表在《十月》1998年第一期，责任编辑是田增翔先生。几年之后的一天，我在电视上看到了他。他很瘦，喜欢收藏石头。

不过写了也就写了，发了也就发了，我没怎么在意——十年之后,我才知道自由投稿被《十月》这样的杂志发表的概率有多么低。人也没有在小说面前停住,仍旧被散文推着往前走。亦知道再往前走也不过如此,可热络的编作关系,边角料的时间,轻车熟路的生产流程……都滋养着我的惯性。以后的三四年时间里,我依然写着小散文,直到 2001 年我被调到河南省文学院当专业作家之后,各种条件都已成熟,我才开始正式去琢磨小说。起初两年,我野心勃勃地写了个长篇,后来有了自知之明,2004 年便上鲁院去练习中短。别人问及我何时开始写中短,我总是会把《一个下午的延伸》给忽略过去,是因为相隔时间太长的缘故,也是因为缺乏面对少作的勇气:随意设置的段落,没有质量的形容词,泛滥平庸的抒情……如今重新去看,我的心态倒是慈祥了许多。毕竟那是 1997 年的作品,对于小说而言,那时的我确实太过年轻。

2. 第一个长篇小说

2001 年 2 月,我从县里被调到河南省文学院当专业作家,资本是七本散文集。在文学院听李佩甫、张宇、李洱、墨白等小说精英们谈了一年小说之后,2002 年,我决定转型写小说。怎么写? 不知道。写什么? 也不知道。干脆一蒙头,傻子买鞋——冲大的去了,要写个长篇。记得佩甫老师听说我的想法之后,显然有些吃惊,他停顿了片刻,道:"还是先写写中短篇吧。"我断然道:"我觉得我能写长篇。我已经准备好了。"他笑了笑,不再说话。

用了将近一年的时间,我写下了这个长篇的初稿。在写作过程中,我无比真切地认识到了佩甫老师当初给我的建议是一种多么委婉的劝导。作为一个优秀的小说家,他心如明镜:对于一个完全不知小说为何物的懵懂者来说,没有中短篇写作的技术和经验做底,一个长篇小说的创作会出现多么严重的障碍和困难。回忆起来真是有些后怕,我以初生牛犊不怕虎的心态,经历了一次冒险。

还好,冒险者的运气不错。2003 年年底,这部小说被《中国作家》头条发表,2004 年年初,长江文艺出版社出版了它的单行本,并且入选了本年度的中国小说排行榜长篇榜,获得了诸多评论家的关注和读者的认可。两年之后又被《长篇小说选刊》选载。前一段时间,因为想要再版,我将这部小说从头到尾又看了一遍,经过了这么多年中短篇小说的历练,这部长篇的硬伤更加显而易见:议论过多,概念先行,叙述方式单一,结构线性……但是,在重读的过程中,我还是涌起了一种深深的感动:感动于自己对于"小姐"这个特殊群体尽力细致的认知,感动于自己在认知中尽力诚实的思辨,感动于自己对小说创作无知无畏的热忱,感动于自己在这部长篇处女作里投入的浓烈而美好的情感……而当年为这部小说写的后记里,一些话仍然是我不变的初衷:

　　……在更深的本意上,这两个女孩子的故事只是我试图运用的一种象征性契入,我想用她们来描摹这个时代里人们精神内部的矛盾、撕裂、挣扎和亲吻,描摹人们心灵行进的困惑和艰难,描摹我们每个人都曾经有过的那个纯净的自己,这个纯净的自己常常鲜活地存在于我们的内心之中,时时与我们现在的自己做着分离、相聚和牵扯。就像我们每个人其实都有这样一个血肉相融的孪生姊妹,在生

命的过程中始终不懈地镌刻着我们……我是一个
理想主义者，那种我认为生活中应当有而实际上却
没有或者很少有的美好事物，一直是我创作中最重
要的激情和动力。文字赋予了我表达理想和描述
理想的方式，我也将以自己的方式来回报他。我知
道我做得不够好，但聊以自慰的是，我忠实地表达
了一些我的认识和思考。我觉得自己的表达是认
真和严肃的。

我知道我以后的长篇小说可能都比它成熟老到，却
再也不会比它稚拙可爱。它是我小说创作的开端，是我
小说创作青春期的产物，是我和小说的初恋。这样的青
春期，这样的初恋，对于一个写作者来说，最为特别，也
最为刻骨铭心。

3. 此散文,彼小说

都说散文是我创作历程里的一个重要阶段，那么就
再说说散文。自散文而小说之后，媒体最常提的问题有
两个：

一、你为什么会从散文转型写小说？我回答：我知道自己的选择是多么必然。如果说我感受到的生活是一棵树，那么散文就是其中的叶子。我写叶子的时候，状态是单纯的，透明的，纯净的，优美的。但我写树叶并不等于我不知道还有树根、有树枝、有树洞、有鸟巢、有虫子等其他的一些东西。我不可能把这些用散文的形式去表达出来，只好把它放置到另外一个领域里去，这个领域就是小说。李洱曾在文章里调侃我说：她的散文能使人想到早年的冰心，能让人感到自己的世故，就像吃了鲜鱼能让人感到自己嘴巴的不洁……如果说我的散文创作是鲜鱼的话，那么作为厨师，我怎么会不知道厨房里还有什么呢？破碎的鱼鳞，鲜红的内脏，暧昧黏缠的腥气，以及尖锐狼藉的骨和刺……这些都是意味丰富的小说原料，它们早就在我的内心潜藏。只要到了合适的时候，小说就会破土而出。

　　二、对你来说这两种文体的创作感受有什么不同？不同是必然的。散文和小说是一个事物的不同棱面，如果说散文是阳光照耀着的树，那小说可能就是树背后拖出的长长的阴影，这是一种互补的关系。只是相对来说,我觉得小说的空间更大一些,给人的尺度更宽一些。它是有翅膀的,可以任我把现实的面貌进行篡改,进行重组,带它们去飞翔。我觉得这更好玩。至于创作的难度而言,如果打个比方的话,我觉得小说是旗袍,散文是睡衣。旗袍选料讲究,制作精良,如果技艺不过关,穿上不仅不漂亮,还会使你瑕疵全现,出乖露丑。而睡衣呢,因它是睡时贴身的最后一层衣服,所以最重要的一个特点便是舒服。因此款式一定要宽大,便于最广范围的肢体运动,用料不是纯棉便是真丝,而且穿的时间越久越觉得舒服,旧的、褪色的、磨了边儿的、开了线的……都可以加浓对它的依恋。

这种形容似乎可以引申为小说是面子,散文是里子。——不,这不是我想说的,它们都是里子。又似乎可以理解为小说要严谨,散文要自由。——不,这也不是我想说的,它们可能恰恰相反:小说因虚构和想象的因子流溢,所以有一双强劲的隐形的自由翅膀,而散文因是以写实为依托的,所以于外在的自由中又有着一些难以言尽的拘束。——这话似乎又有些不对,抛却文体的形式不谈,从本质上讲,它们应该都是贴着心的,都是自由的,它们的区别只在于旗袍和睡衣的表象,殊途同归的是表象下的那颗心和那个身。

4. 小说 vs 生活

一直认为自己在生活中是个懵懂的人。那天,和一个朋友聊起为人处世的琐事,听他讲得头头是道,连忙把一些藏匿已久的困惑翻出来向他请教,不料他突然之间变得非常警惕:"你还问我?你小说写得那么聪明,不可能不懂。"

我苦笑。已经不止一次听到有人这么评价了——小说写得聪明。说实话,对此我仍是懵懂,不知道怎么会给人留下如此印象。反正我写的时候,是没有这种感觉。不过既然人家都这么说,我要是不认也太不识抬举,且也没有力气去反驳,于是姑且认为自己写得聪明。那么下一个困惑又来了:何以在小说中聪明而在生活中懵懂?

想着这个问题的时候,眼前正放着一碗冬瓜排骨汤,就冒出一个比喻:小说是一块排骨,生活是一头猪。

面对一块排骨的时候,我约略学过一些烹饪常识,知道什么作料什么配菜能把它做成一锅什么样的汤。酱醋盐,葱姜蒜,香菜木耳,文火武火,慢慢做来。若是做得不好,大不了换块排骨,重做。

而生活,它真的是一头猪。它是活的,总是扑面而来。它在田野里啃青,在玉米秆子里睡觉,吃泔水,拉臭粪。它四处游移,哼哼唧唧,什么味道都有,各种形态兼备。它让你不好捉,不好逮。即使你把它赶到圈里,也无法下口。当我这种智力的人面对它的时候,我没有本领来固定它,解剖它。于是我只能用本能去反应。本能的反应就是懵懂。我得承认,有许多人和我恰恰相反。他们有本事在小说中优美地失控,而在生活中保持足够平衡的理性。他们的手中握着锋利的刀子,能干净利落地把猪置于死地。

我不能。于是我只有在夜深人静的时候,笼着一窝灶火,慢慢地、尽可能地炖好一锅排骨。而在白天,面对一头头生气勃勃横冲直撞的猪时,我最擅长做的事情,就是狼狈逃窜。

5. 写作的意义

写作是我迄今为止最重要的精神生活。它一次次地改变着我的生活轨迹,也一点点地改变着我的内心。有人问我说是不是稿费啊获奖啊这些更能坚定你写作的信念,坦白讲,这些都是花。有花当然好,但对我起决定性作用的,还是锦。这个锦,就是写作本身。没有锦,一切花香都没有依据,一切安慰也都没有背景。可以说,写作对我的最根本的意义就是:锦的存在让我的心得以自足。因此,写作很可能不需要我,但我是那么需要它。

为什么它能让我的心得以自足? 为什么我那么需要它?

一天晚上,我上卫生间,发现下水道堵了。我冲了又冲,疏了又疏,还是不行。卫生间里开始弥漫难闻的异味,但我却不反感。我想我可能已经不正常了。我已经变态了。我对异味居然也是那么留恋! 我仿佛随时可以爱上一切,爱上我看到的、看不到的、经历过的、没

179

经历过的一切——走在大街上,看到柳树上萌生的黄芽,我都会止步,不知所措。一切生命都在萌生,我却正在这一次次的萌生中永久地死去。而我又是如此热爱这个世界。这可怎么办啊。这可怎么好啊。我被这爱击中,被这爱打痛。我是个时时疼痛的人。我的心常常处在酸软状态。我会突然放下双手,任泪水汹涌而出。

我热爱这个世界。仿佛也热爱所有人。凡事与人有关,就不会不与我有关。再丑恶,再阴暗,仿佛于我也有一种奇怪的亲切。我似乎是一个活了千年百年的人,似乎对每个角落都熟悉,对每个灵魂都容纳。他们似乎都可以被我理解,被我吸融,由我的手导入,成为我生命里的一个个分支。

这种感觉很疯狂。写作于我而言的意义,就和这种疯狂有着本质关联吧——让我在只此一次的生命历程中表达了最大可能的爱。在可以拥有的瞬间,这是权利,也是幸福。如果不表达,这个世界怎么能够知道我对它的爱? 我怎么能够梳理对这个世界的爱? 我怕自己会被这爱湮没。我怕自己会在这爱中崩溃。

像一个潮汐膨胀的海,台风掠过,海浪冲天。等到海面平静下来,沙滩上总会留下一些细碎的沙砾和卑微的小蟹。我对这个世界的爱,是海。而我留下的文字——包括这些关于创作的杂谈,就是沙砾或小蟹。

写作的第一道德

"我也想写东西,该怎么才能写出好东西?"常常听到有人这么问我。

"诚实。"我说。

这是一个很基本的标准,我一向这么认为。卡夫卡曾说:"说真话是最难的,因为它无可替代。"

这句话深得我心。

因为难,才宝贵。因为宝贵,才有价值。

说谎话的人处处可见,说真话的大约只有孩子。所以我视孩子们为小小的佛,粉嫩的小嘴个个都是口吐莲花。而大人们呢,常常是假莲花。

日常说话是无所谓的。风里来,风里去,散话没影儿,闲话没根儿,都可以有被原谅的理由。若将谎话落在白纸上,只自己看看也不算过分。但是如果将这谎话发表出来准备去赚稿费,就相当于要和读者签一个无形的合同,合同的第一要义就是诚实。诚实就是说真话。如果此时还满纸谎言,那就是违背了合同,违背了写作者的底线,不具备写作者的基本道德,也就是第一道德。

这就让我难以容忍了。

那些明知是谎话还要说的人,在愚弄别人同时,肯定愚弄了自己。

那些不知道自己说的是谎话的人,在愚弄别人之前,首先愚弄了自己。

我尊敬的巴金老人多年前说过的话现在读来仍是如此恳切,如此振聋发聩:"爱真理,忠实地生活,这是至上的生活态度。没有一点虚伪,没有一点宽恕,对自己忠实,对别人也忠实,你就可以做你自己的行为的裁判官。"

诚实是最基本的美。"真、善、美",无论做人还是做文,真都是第一,有了真,才谈得上其他。某种意义上讲,真,就是大善,就是大美。

《亮剑》热播,因为李云龙不是"高大全",他除了烈火金刚的英雄之外,还是个会满嘴骂娘的粗人。他真。而楚云飞这个国民党的高官也不是传统形象里的酒囊饭袋,他也精忠报国,他也才华横溢。他也真。德国作家施林克的小说《生死朗读》被视为反纳粹小说的新经典,是因为主角汉娜作为集中营的女看守,作为战犯,在这场战争中其实也是个懵懂的受害者——纳粹分子也是个受害者,纳粹分子也是人! 她也真。

因此,看到有人写这些:身为已婚女人受到魅力男人诱惑,她的内心稳若磐石;身为绝版好丈夫忠贞不贰,对妻子之外的任何女人都没有动过心;在单位从不曾嫉妒过比自己强的同事;从不羡慕别人有那么多钱……作为一个人,他从不曾在滚滚红尘的欲望中挣扎过、动摇过和堕落过。我不相信。

我相信的是,所有人的阳光笑脸下,都有难以触及和丈量的黑暗。当然,我也相信,所有黑暗的角落里,也都有不能泯灭的阳光。因此,我不去看历史我也会相信,希特勒也有温柔,爱因斯坦也会愚蠢,拿破仑也曾胆怯,埃及艳后也有天真,而提灯女神南丁格尔面对污秽生蛆的伤口也一定会屏息和恶心。

在北京全聚德吃烤鸭的时候,我曾目睹过动人的一幕:一个小女孩因为偷偷溜出去买帽子,被脾气暴躁的爸爸当众痛斥,她边哭边吃边对妈妈说:"烤鸭真好吃。"

看着小姑娘亮晶晶的泪珠和油汪汪的小嘴,我忍不住笑了。多么可爱的一句话啊。被爸爸斥责是难堪的,心里是难过的,但是,嘴里的烤鸭真的也是很好吃的啊。而有一些写作的人,往往难过就只是难过,难过的时候就没有了烤鸭的好吃;好吃就只是好吃,就忘了被斥责的难过。

"写小说不都是虚构吗? 虚构不都是假话吗?"有人这么说。

不,不是的。虚构只是个形式。如同影视、音乐、舞蹈一样,都只是个形式。它披着脱离实际的外衣,说着最真实的话语。——真太有力量了。如果不披着这样的外衣,它的光,会把太多的眼睛灼伤。因此,它必须披着外衣。但是,并不是说它披着外衣就是假的。它一点儿都不假。正如巴金老人所说的那样:"我的写作的最高境界、我的理想绝不是完美的技巧,而是高尔基草原故事中的'勇士丹柯'——'他用手抓开自己的胸膛,拿出自己的心来,高高地举在头上'。"

小说和一切艺术形式都是在以假的形式说真话。而在生活中,有太多的人都是以真的形式说假话。也正因为人人在生活中都有撒谎的经验,所以写作中的真就更是奇货可居,是沙里淘金。

从沙里出来的人,谁还愿意看沙子呢?这么多年的写作经历告诉我:读者们是太聪明太智慧了。只要你在作品中有意撒一点点谎,他们就能够看到。

"你说的真话就是真话,要是我的真话和你的真话不同呢?那谁的真话更真?"

都真。你有你的真,我有我的真,他有他的真。真话不是真理。诚实不是真理。真话和诚实都只是一种写作的态度和立场。写作者只是表达者,不是世界的裁决者。他只是诚实地表达自己的所见所想,这就足够了。或许偏激，或许狭隘，甚至或许错误，都没关系。他站在自己的立场上，有自己的客观局限。只要主观上能最大程度地对自己的文字诚实，这就已经很好了。正如巴金老人所说的那样："我所谓'讲真话'不过是'把心交给读者'，讲自己心里的话，讲自己相信的话，讲自己思考过的话。我从未说，也不想说，我的'真话'就是'真理'。"

一个一个的真，不同角度的真，就能投射出一个"大真"的世界。

"说真话，掏出自己的心。"这是巴金老人的座右铭。我也把这句话视为我的。

小说是一个广袤的世界

尊敬的各位来宾：

能够获得"年度最具潜力新人"奖，我非常惊喜。对于华语文学传媒盛典本身，我一直心怀敬意。它因评奖过程的透明而最大程度地显示了诚实和公正。现在，以获奖者的身份站在这里，对华语文学传媒盛典表达由来已久的敬意，我内心的喜悦无法形容。同时，获得这个奖项，也使我感到非常惭愧。这个奖项的历届得主和获得这个奖项提名的许多作家都很优秀，能够获奖，我只能说自己非常幸运。我知道自己已不算年轻，写得不够多，也不够好。与其说我的小说创作刚刚起步，不如说还没有正式开始。某种意义上讲，我觉得自己是一个一直在打草稿的学生。不过,我想,可能这正是评委们愿意把这个奖项——最具潜力新人奖赋予我的原因之一,也许他们从我拙劣的草稿中发现了一些成长的可能性。这就是所谓的潜力。从这个层面上,最具潜力新人奖是对我莫大的肯定和鼓励。我非常珍视这种肯定和鼓励,它将成为我继续努力下去的长久的理由和动力。

潜力,是一种隐藏的力。我知道自己有一种隐藏的力量,也常常能够感觉到这种力量的存在。就像地下的河流或者岩浆。但这种力量究竟在哪里睡眠,在哪里流浪,又在哪里做游戏,我不知道。我知道的只是我会追赶这种力量,也会被这种力量追赶,我会和这种力量交替领跑,直到这种力量冲出地面,冲出我的内心。那一刻,我相信,我会感到非常愉快和幸福。

小说是一个广袤的世界。这个世界,对我来说是博大而新鲜的。在写小说之前,我曾写过多年哲理小散文,获得了不少肯定和鼓励,用读者的话说:"歌颂真善美,深刻又天真。"进入小说创作之后,一些读者认为我堕落了。对此,我感到很遗憾,也觉得很欣慰。如果这是堕落,我愿意让自己继续堕落下去。由一种小哲理,进入一种大哲理;由一种小的真善美,进入一种更丰富更缤纷更宽广的大的真善美。我想,没有比这更让我满意和沉醉的堕落了。

小说是一个广袤的世界。比小说更广袤的是世道人心。对待具体的生活内容我常常是弱智的,但小说却让我趋向坚定、平静、清晰和从容。我常常感觉自己是一个发现奇迹的孩子,左采一把花,右摘一颗枣。天苍苍,野茫茫,风吹草低见牛羊——不仅有牛羊,还有骆驼、大象、老虎、豹子、松鼠和蛇。它就像是个野生动物园,有着各种各样的声音和气息。我看也看不过来,写也写不过来,只好东一榔头西一棒槌,边看,边学,边想,边写。我相信,只要好好学习,即使不能够天天向上,也可以月月向上,或者年年向上。当然,向下也可以。只要向下的力量够强,深度够大,那么向下也是另一种意义的向上。

小说是一个广袤的世界。拿了奖,就像到了一个加油站。下面的事情依然是在漫长的路上,继续走。我很喜欢奥地利小说家布洛赫说过的一句话,他说:"小说只有发现小说才能发现的真理,这才是小说唯一的道德。"从这个意义上讲,我希望自己能成为一个具有小说道德的小说家。通过小说,更清晰地认识自己,认识他人,认识黑暗,也认识光明,同时也认识自己与他人、黑暗与光明之间的辽阔地带。我希望自己能成为一个诚实的写作者,一个心灵富有责任的写作者,一个有信念的写作者,同时也是一个不断拥有新的可能性的写作者。——也许这只是所有写作者应该具有的基本要素,但是因为粗暴和浮躁,我发现这些基本要素已经成为很高的要求。我希望自己能够做到以上这些。我会用这个奖项来提醒和激励自己去做到这些。

感谢生活,感谢文学,感谢读者,感谢主办方,感谢评委,感谢所有厚爱我的人。另外,作为河南文学传统的一分子,我还要特别感谢河南文学界的诸多前辈给予我的深情扶持和殷殷教诲。

谢谢大家!

本文系作者在第五届华语文学传媒大奖
颁奖会上的演讲

文学就是这么一棵树

一个男孩一生下来,一棵树就爱上了他。男孩常来和树玩耍,他用树叶编织花冠,在树枝之间荡秋千,或是采摘树上的果子吃。玩累了,他就在树荫下休息。他很高兴,树也很高兴。

但是,随着孩子渐渐长大,他不怎么来找树玩儿了。有一天,他路过树下,树喊他:"孩子,来玩儿啊,来和我玩儿啊。"

男孩说:"我不能再玩儿了。我要去挣钱。你能给我钱吗?"

树说:"我没有钱。我只有果子,你把果子采去卖钱吧。"

男孩就把果子采了下来,果然卖了钱。

又过了一段时间,男孩又从树下走过,树又喊他一起玩儿,男孩说:"我不能玩儿,我要成家立业,盖屋取暖。你能帮我盖个屋吗?"

树说:"你可以把我的树枝砍下来盖个屋。"

男孩砍下了很多树枝,果然盖了个屋。

又过了一段时间,男孩对树说想要造个船去远方旅行,树就让他把树干砍了,造成了船。

很久很久之后,男孩旅行回来了,又来到了树下。树轻轻地说:"孩子,我什么也不能给你了。我很抱歉。"

男孩也轻轻地说:"我什么也不要,只需要一个地方踏踏实实地坐一会儿,休息休息。我太累了。"

树笑了。树说:"孩子,来吧。我这个老树墩,正好能让你坐下来歇歇脚。"

忘记了在哪里读到的这个故事,但我一直记得这个故事。每当想到这个故事,我的心中都会涌起一种难以言喻的感动。这很像是在描述我和文学的关系。最初的最初,我是和文学在快乐游戏,慢慢地,稿费、版税、影视改编权和各种荣誉如同树的树叶、树干、树枝和果实，都变成改变我生活状态的实用生计。但最终，文学就是那个根扎大地的老树墩，能容我停下来，踏踏实实地坐一会儿——不，可以坐很久很久，随便多久。

在小说《最慢的是活着》中，有几句描述祖母的话用来描述文学对我的意义也尚贴切：

> ……哥哥们偶尔会靠着她的肩膀或是枕在她的腿上撒撒娇——她现在唯一的作用似乎只是无条件地供我们撒娇。多年之后，我才明白：能容纳你无条件撒娇的那个人，就是你生命里最重要的人。

文学就像是祖母的怀抱，没有比这样的怀抱更适宜撒娇的了。黑暗的，光明的，快乐的，悲伤的，委屈的，得意的，漂亮的，丑陋的，精致的，拙劣的——无须再用正反词来丰富这个句子了，反正无论是什么样的娇，都可以在她这里尽情地撒。如同我曾在一篇小说的创作谈中所言的那样：

> ……她有着能让我放毒，撒气儿，把心里带罂粟花色调的邪火儿和野性儿开出来的广袤空

间。——这便是一种最珍贵的精神礼物。她是一个母亲。宽容的,伟大的母亲。在她的怀抱里,我最大程度地接近了赤裸,接近了诚实。

曾无数次听人哀叹文学的无用。说文学面对我们的当下生活,就像一个废了的皇帝面对后宫三千佳丽。这样的哀叹总让我无语。当下的生活是一个多么生机勃勃的彪悍青年啊,"更快,更高,更强"是通用的号令,如果我没有理解错的话,这所有的更快、更高和更强都仅仅是物质的。他们所构成的,是一个庞大而时尚的物质外壳。这种更快、更高和更强,不是文学的。永远也不会是文学的。文学,除了从几本销量羞涩的刊物里衍生出几部无关痛痒的影视作品,她还能有什么用呢?她就是一个在青年后面慢慢行走着的人,不要指望她对当下的生活有什么直接的立竿见影的影响——尤其是面对一个没有耐心的急吼吼的时代。她永远也影响不了股市、房价和菜金,她就那么慢慢地走着——不,她甚至不走,她就在原地站着。她像一棵树,慢慢向上生长和慢慢向下扎根的银杏树。因这慢,我们得以饱满和从容。因这慢,我们得以丰饶和深沉。因这慢,我们得以

195

柔韧和慈悲。

文学就是这么一棵树。我们很多人都是爱着树同时也被树爱着的那个孩子。只要有了这种爱,无论我们走多远,最终都会回到这棵树下。——我有归处,一想到这个,我就觉得无比踏实和幸福。我知道,我不能也不敢指望更多了。对我来说,这就够了。难道不是吗?

本文系作者在第五届鲁迅文学奖
颁奖会上的演讲

"小说家的散文"丛书

《旅馆里发生了什么》　　王安忆　著

《拜访狼巢》　　　　　方　方　著

《出人山河》　　　　　李　锐　著

《青梅》　　　　　　　蒋　韵　著

《写给北中原的情书》　李佩甫　著

《星斗其文，赤子其人》汪曾祺　著

《熟悉的陌生人》　　　李　洱　著

《一唱三叹》　　　　　葛水平　著

《泡沫集》　　　　　　张　欣　著

《写给母亲》　　　　　贾平凹　著

《无论那是盛宴还是残局》弋　舟　著

《已过万重山》　　　　周瑄璞　著

《众生》　　　　　　　金仁顺　著

《如果爱，如果不爱》　阿　袁　著

《故事与事故》　　　　蒋子龙　著

《回头我就变了一根浮木》潘国灵　著

《三生有幸》　　　　　北　乔　著

（以出版时间先后排序）

图书在版编目（CIP）数据

走神／乔叶著. --郑州：河南文艺出版社,2022.5
（"小说家的散文"豫籍作家系列）
ISBN 978-7-5559-1324-5

Ⅰ.①走…　Ⅱ.①乔…　Ⅲ.①散文集-中国-当代　Ⅳ.①I267

中国版本图书馆 CIP 数据核字 (2022) 第 034094 号

选题策划　陈　静
责任编辑　陈　静
书籍设计　刘婉君
责任校对　赵红宙

出版发行　河南文艺出版社
本社地址　郑州市郑东新区祥盛街 27 号 C 座 5 楼
承印单位　河南瑞之光印刷股份有限公司
经销单位　新华书店
开　　本　700 毫米×1000 毫米　1/32
总 印 张　60.375
总 字 数　888 千字
版　　次　2022 年 5 月第 1 版
印　　次　2022 年 5 月第 1 次印刷
定　　价　258.00 元（全 9 册）

印厂地址　河南省武陟县产业集聚区东区（詹店镇）泰安路
邮政编码　454950　　电话　0371-63956290